SUPPLÉMENT

AUX

ŒUVRES

DE

J. J. ROUSSEAU.

SUPPLÉMENT

AUX

ŒUVRES

DE

J. J. ROUSSEAU,

CITOYEN DE GENEVE,

Pour servir de suite à toutes les éditions.

A AMSTERDAM,

Et à LAUSANNE chez FR. GRASSET & Comp.

M. DCC. LXXIX.

AVIS DE L'ÉDITEUR.

Toutes les pieces fuivantes n'ont jamais été imprimées, un heureux hafard nous les a procurées, & nous les donnons au public, d'après les originaux, la plupart écrites de la main même de l'Auteur. Ces productions de fa jeuneffe font fans doute inférieures à celles qui lui ont acquis depuis une fi grande célébrité ; mais telles qu'elles font on les lira avec plaifir, puifqu'on y verra quelle étoit dans la jeuneffe la maniere de voir & de fentir de leur Auteur ; & que peut-être il en fortira quelques traits de lumieres, qui feront connoître au lecteur le vrai caractere de cet homme devenu depuis fi intéreffant pour le public.

LA
DÉCOUVERTE
DU
NOUVEAU MONDE,
TRAGÉDIE.

ACTEURS.

LE CACIQUE, *de l'Isle de Guanahan, conquérant d'une partie des Antilles.*

DIGIZÉ, *épouse du Cacique.*

CARIME, *princesse Amériquaine.*

COLOMB, *chef de la flotte Espagnole.*

ALVAR, *officier Castillan.*

LE GRAND-PRETRE *des Amériquains.*

NOZIME, *Amériquain.*

TROUPE *de Sacrificateurs Amériquains.*

TROUPE *d'Espagnols & d'Espagnoles de la flotte.*

TROUPE *d'Amériquains & d'Amériquaines.*

La Scène est dans l'Isle de Guanahan.

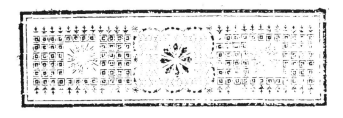

LA DÉCOUVERTE

DU

NOUVEAU MONDE,

TRAGÉDIE.

ACTE PREMIER.

Le Théatre repréfente la forêt facrée, où les peu-
ples de Guanahan venoient adorer leurs Dieux.

SCENE PREMIERE.

LE CACIQUE, CARIME.

LE CACIQUE.

SEULE en ces bois facrés! eh! qu'y faifoit Carime?

CARIME.

Eh! quel autre que vous devroit le favoir mieux?

De mes tourmens fecrets j'importunois les Dieux;
J'y pleurois mes malheurs; m'en faites-vous un crime?

LE CACIQUE.

Loin de vous condamner, j'honore la vertu,
Qui vous fait, près des Dieux, chercher la confiance,
Que l'effroi vient d'ôter à mon peuple abattu.
Cent préfages affreux, troublant notre affurance,
Semblent du ciel annoncer le courroux:
Si nos crimes ont pu mériter fa vengeance,
　　Vos vœux l'éloigneront de nous,
　　En faveur de votre innocence.

CARIME.

Quel fruit efpérez-vous de ces détours hònteux?
Cruel! vous infultez à mon fort déplorable.
　　Ah! fi l'amour me rend coupable,
　　Eft-ce à vous à blâmer mes feux?

LE CACIQUE.

Quoi! vous parlez d'amour en ces momens funeftes!
L'amour échauffe-t-il des cœurs glacés d'effroi?

CARIME.

　　Quand l'amour eft extréme,
　　Craint-on d'autre malheur
　　　　Que la froideur
　　　　De ce qu'on aime?

Si Digizé vous vantoit fon ardeur,
Lui répondriez-vous de méme ?

LE CACIQUE.

Digizé m'appartient par des nœuds éternels ,
En partageant mes feux , elle a rempli mon trône;
Et quand nous confirmons nos fermens mutuels,
L'amour le juftifie , & le devoir l'ordonne.

CARIME.

L'amour & le devoir s'accordent rarement :
Tour-à-tour, feulement , ils regnent dans une ame.
  L'amour forme l'engagement ;
  Mais le devoir éteint la flamme.
Si l'hymen a pour vous des attraits fi charmans ,
Redoublez , avec moi, fes doux engagemens :
  Mon cœur confent à ce partage :
  C'eft un ufage établi parmi nous.

LE CACIQUE.

Que me propofez-vous , Carime ? Quel langage !

CARIME.

Tu t'offenfes, cruel, d'un langage fi doux ;
Mon amour & mes pleurs excitent ton courroux.
Heureufe Digizé, qu'au récit de mes larmes
  Tu vas triompher en ce jour !
  Ah! fi tes yeux ont plus de charmes ,
  Ton cœur a-t-il autant d'amour !

LE CACIQUE.

Cessez de vains regrets, votre plainte est injuste :
  Ici vos pleurs blessent mes yeux.
Carime, ainsi que vous, en cet asyle auguste,
Mon cœur a ses secrets à révéler aux Dieux.

CARIME.

Quoi, barbare ! Au mépris tu joins enfin l'outrage !
Va, tu n'entendras plus d'inutiles soupirs ;
A mon amour trahi tu préfères ma rage ;
Il faudra te servir au gré de tes desirs.

LE CACIQUE.

  Que son fort est à plaindre !
  Mais les fureurs n'obtiendront rien.
  Pour un cœur fait comme le mien,
  Ses pleurs étoient bien plus à craindre.

SCENE II.

LE CACIQUE *feul.*

Lieu terrible, lieu révéré,
Séjour des Dieux de cet empire,
Déployez, dans les cœurs, votre pouvoir facré :
Dieux, calmez un peuple égaré ;
De fes fens effrayés diffipez ce délire.
Ou, fi votre puiffance enfin n'y peut fuffire,
N'ufurpez plus un nom vainement adoré.
Je me le cache en vain, moi-même je friffonne ;
   Une fombre terreur m'agite malgré moi.
Cacique malheureux, ta vertu t'abandonne ;
Pour la premiere fois ton courage s'étonne ;
La crainte & la frayeur fe font fentir à toi.
      Lieu terrible, lieu révéré,
      Séjour des Dieux de cet empire,
Déployez, dans les cœurs, votre pouvoir facré :
      Raffurez un peuple égaré ;
De fes fens effrayés, diffipez ce délire.
Ou fi votre puiffance &c.
N'ufurpez plus &c.
Mais quel eft le fujet de ces craintes frivoles.
Les vains preffentimens d'un peuple épouvanté,
      Les mugiffemens des idoles,
Ou l'afpect effrayant d'un aftre enfanglanté ?

Ah ! n'ai-je tant de fois enchaîné la victoire,
Tant vaincu de rivaux , tant obtenu de gloire ,
Que pour la perdre enfin par de fi foibles coups !
   Gloire frivole , eh! fur quoi comptons-nous !
Mais je vois Digizé , cher objet de ma flamme ;
   Tendre époufe, ah ! mieux que les Dieux ,
     L'éclat de tes beaux yeux
     Ranimera mon ame.

SCENE III.

DIGIZÉ, LE CACIQUE.

DIGIZÉ.

SEIGNEUR , vos fujets éperdus,
Saifis d'effroi, d'horreur, cédent à leurs allarmes ;
Et parmi tant de cris , de foupirs & de larmes,
   C'eft pour vous qu'ils craignent le plus.
Quelque foit le fujet de leur terreur mortelle,
Ah ! fuyons , cher époux , fuyons ; fauvons vos jours,
Par une crainte hélas ! qui menace leur cours ,
   Mon cœur fent une mort réelle.

LE CACIQUE.

Moi, fuir ! leur cacique , leur roi !
Leur pere ! enfin l'efperes-tu de moi ,

Sur la vaine terreur dont toı eſprit ſe bleſſe.
Moi , fuir ! ah Digizé , que me propoſes-tu.
 Un cœur chargé d'une foibleſſe
 Conſerveroit - il ta tendreſſe ,
 En abandon ant la vertu ?
Digizé , je chéris le nœud qui nous aſſemble ,
J'adore tes appas , ils peuvent tout ſur moi ;
. Mais j'aime encor mon peuple autant que toi ;
Et la vertu plus que tous deux enſemble.

SCENE IV.

NOZIME, LE CACIQUE, DIGIZÉ.

NOZIME.

PAR votre ordre, feigneur, les prêtres raffemblés
Vont bientôt, en ces lieux, commencer le myftere.

LE CACIQUE.

Et les peuples ?

NOZIME.

     Toujours également troublés
Tous frémiffent au récit d'un mal imaginaire.
Ils difent qu'en ces lieux des enfans du foleil
Doivent bientôt defcendre, en fuperbe appareil.
Tout tremble à leur nom feul ; & ces hommes terribles,
Affranchis de la mort, aux coups inacceffibles,
Doivent tout affervir à leur pouvoir fatal :
Trop fiers d'être immortels, leur orgueil fans égal
Des rois fait leurs fujets, des peuples leurs efclaves ;
Leurs récits effrayans étonnent les plus braves.
J'ai vainement cherché les auteurs infenfés
De ces bruits. . . . .

LE CACIQUE.

Laiffez-nous Nozime : c'eft affez.

        DIGIZÉ.

DIGIZÉ.

Grands Dieux! Que produira cette terreur publique!
Quel fera ton deftin, infortuné cacique?
Hélas! Ce doute affreux ne trouble-t-il que moi?

LE CACIQUE.

Mon fort eft décidé ; je fuis aimé de toi.
Dieux puiffans, Dieux jaloux de mon bonheur fuprême,
Des fiers enfans du ciel fecondez les projets :
Armez à votre gre la terre, l'enfer même ;
Je puis braver & la foudre & vos traits.
Déployez contre moi votre injufte vengeance ;
    J'en redoute peu les effets :
    Digizé feule, en fa puiffance ,
    Tient mon bonheur & mes fuccès.
Dieux puiffans, Dieux jaloux de mon bonheur fuprême ,
Des fiers enfans du ciel fecondez les projets :
Armez à votre gré la terre, l'enfer même;
Je puis braver & la foudre & vos traits.

DIGIZÉ.

Où vous emporte un excès de tendreffe?
    Ah ! n'irritons point les Dieux :
    Plus on prétend braver les Cieux ,
    Plus on fent fa propre foibleffe.
    Ciel, protecteur de l'innocence ,
Éloigne nos dangers, diffipe notre effroi.
Eh! des foibles humains qui prendra la défenfe ,
    S'ils n'ofent efpérer en toi !
Du plus parfait amour la flamme légitime

B

Auroit - elle offenſé tes yeux ?
Ah ! ſi des feux ſi purs devant toi font un crime,
Détruis la race humaine , & ne fais que des Dieux.
Ciel, protecteur de l'innocence,
Éloigne nos dangers, diſſipe notre effroi.
Eh ! des foibles humains qui prendra la défenſe,
S'ils n'oſent eſpérer en toi !

LE CACIQUE.

Chere épouſe, ſuſpends d'inutiles alarmes :
Plus que de vains malheurs, tes pleurs me vont coûter.
Ai-je, quand tu verſes des larmes,
De plus grands maux à redouter ?
Mais j'entends retentir les inſtrumens ſacrés,
Les prêtres vont paroître :
Gardez - vous de laiſſer connoître
Le trouble auquel vous vous livrez.

SCENE V.

LE CACIQUE, LE GRAND-PRETRE, DIGIZÉ, TROUPE DE PRETRES.

LE GRAND-PRETRE.

C'EST ici le féjour de nos Dieux formidables ;
Ils rendent, en ces lieux, leurs arrêts redoutables :
Que leur préfence en nous imprime un faint refpect ;
    Tout doit frémir à leur afpect.

LE CACIQUE.

Prêtres facrés des Dieux, qui protégez ces ifles,
Implorez leur fecours fur mon peuple & fur moi,
Obtenez d'eux qu'ils banniffent l'effroi,
    Qui vient troubler ces lieux tranquilles.
        Des préfages affreux
        Répandent l'épouvante ;
        Tout gémit dans l'attente
        De cent maux rigoureux.
        Par vos accens terribles,
        Évoquez les deftins :
        Si nos maux font certains,
        Ils feront moins fenfibles.

LE GRAND-PRETRE,
alternativement avec le Chœur.

Ancien du monde, Etre des jours,
Sois attentif à nos prieres.
Soleil, fufpends ton cours,
Pour éclairer nos myfteres.

LE GRAND-PRETRE.

Dieux, qui veillez fur cet empire,
Manifeftez vos foins, foyez nos protecteurs.
Banniffez de vaines terreurs,
Un figne feul vous peut fuffire :
Le vil effroi peut-il frapper des cœurs
Que votre confiance infpire ?

CHŒUR.

Ancien du monde, Etre des jours,
Sois attentif à nos prieres.
Soleil, fufpends ton cours,
Pour éclairer nos myfteres.

LE GRAND-PRETRE.

Confervez à fon peuple un prince généreux,
Que de votre pouvoir digne dépofitaire,
Il foit heureux comme les Dieux ;
Puifqu'il remplit leur miniftere,
Et qu'il eft bienfaifant comme eux.

CHŒUR.

Ancien du monde &c.

LE GRAND-PRETRE.

C'en eſt aſſez. Que l'on faſſe ſilence.
De nos rites ſacrés déployons la puiſſance.
Que vos ſublimes ſons, vos pas myſtérieux,
De l'avenir, fouſtrait aux mortels curieux,
Dans mon cœur inſpiré portent la connoiſſance.
Mais la fureur divine agite mes eſprits,
Mes ſens ſont étonnés, mes regards éblouis ;
La nature ſuccombe aux efforts réunis
    De ces ébranlemens terribles.....
Non, des tranſports nouveaux affermiſſent mes ſens ;
Mes yeux, avec effort, percent la nuit des tems......
Écoutez du deſtin les décrets inflexibles.
       Cacique infortuné,
Tes exploits ſont flétris, ton regne eſt terminé.
Ce jour en d'autres mains fait paſſer ta puiſſance,
Tes peuples aſſervis ſous un joug odieux
Vont perdre, pour jamais, les plus chers dons des cieux,
      Leur liberté, leur innocence.
Fiers enfans du ſoleil, vous triomphez de nous ;
Vos arts ſur nos vertus vous donnent la victoire.
    Mais, quand nous tombons ſous vos coups,
Craignez de payer cher nos maux & votre gloire.
Des nuages confus naiſſent de toutes parts....
Les ſiecles ſont voilés à mes foibles regards.

LE CACIQUE.

De vos arts menfongers ceffez les vains preftiges.

Les prêtres fe retirent, après quoi l'on entend le chœur
fuivant, derriere le théatre.

C H Œ U R *derriere le théatre.*

O ciel ! ô ciel ! quels prodiges nouveaux !
Et quels monftres aîlés paroiffent fur les eaux !

D I G I Z É.

Dieux ! quels font ces nouveaux prodiges ?

C H Œ U R *derriere le théatre.*

O ciel ! ô ciel &c.

LE CACIQUE.

L'effroi trouble les yeux de ce peuple timide ;
Allons appaifer fes tranfports.

D I G I Z É.

Seigneur, où courez-vous, quel vain efpoir vous guide ?
Contre l'arrêt des Dieux que fervent vos efforts !
Mais il ne m'entend plus, il fuit, deftin févere,
Ah ! ne puis-je du moins, dans ma douleur amere,
Sauver un de fes jours, au prix de mille morts.

Fin du premier Acte.

ACTE SECOND.

Le théatre repréſente un rivage entrecoupé d'ar-
bres & de rochers. On voit , dans l'enfonce-
ment , débarquer la flotte eſpagnole , au ſon des
trompettes & des timbales.

SCENE PREMIERE.

COLOMB, ALVAR, TROUPE D'ES-
PAGNOLS ET D'ESPAGNOLES.

CHŒUR.

TRIOMPHONS , triomphons ſur la terre & ſur l'onde ,
Donnons des loix à l'univers.
Notre audace, en ce jour, découvre un nouveau monde ,
Il eſt fait pour porter nos fers.

COLOMB, *tenant d'une main une épée nue , & de*
l'autre l'étendard de Caſtille.

Climats, dont à nos yeux s'enrichit la nature ,
Inconnus aux humains , trop négligés des cieux ,

B 4

Perdez la liberté :

(*Il plante l'étendard en terre.*)

Mais portez , fans murmure ,
Un joug encor plus précieux.
Chers compagnons , jadis l'Argonaute timide
Éternifa fon nom dans les champs de Colchos.
Aux rives de Gadés , l'impétueux Alcide
Borna fa courfe & fes travaux.
Un art audacieux , en nous fervant de guide ,
De l'immenfe Océan nous a foumis les flots,
Mais qui célébrera notre troupe intrépide ,
A l'égal de tous ces héros !
Célébrez ce grand jour d'éternelle mémoire ;
Entrez , par les plaifirs , au chemin de la gloire :
Que vos yeux enchanteurs brillent de toutes parts ;
De ce peuple fauvage étonnez les regards.

C H Œ U R.

Célébrons ce grand jour d'éternelle mémoire ;
Que nos yeux enchanteurs brillent de toutes parts.

On danfe.

A L V A R.

Fiere Caftille , étends par-tout tes loix ,
Sur toute la nature exerce ton empire ;
Pour combler tes brillants exploits ,
Un monde entier n'a pu fuffire.
Maîtres des élémens , héros dans les combats ,
Répandons en ces lieux la terreur , le ravage :
Le ciel en fit notre partage ,

Quand il rendit l'abord de ces climats
   Acceffible à notre courage.
Fiere Caftille, &c.

Danfes guerrieres.

UNE CASTILLANE.

Volez, conquérans redoutables,
Allez remplir de grands deftins :
Avec des armes plus aimables,
Nos triomphes font plus certains.
Qu'ici d'une gloire immortelle
Chacun fe couronne à fon tour :
Guerriers, vous y portez l'empire d'Ifabelle,
  Nous y portons l'empire de l'amour.
   Volez, conquérans, &c.

Danfes.

ALVAR & LA CASTILLANE.

Jeunes beautés, guerriers terribles,
  Uniffez-vous, foumettez l'univers.
Si quelqu'un fe dérobe à des coups invincibles,
Par de beaux yeux qu'il foit chargé de fers.

COLOMB.

C'eft affez exprimer notre allégreffe extréme,
Nous devons nos momens à de plus doux tranfports.
Allons aux habitans, qui vivent fur ces bords,
De leur nouveau deftin porter l'arrêt fuprême.
Alvar, de nos vaiffeaux ne vous éloignez pas;

Dans ces détours cachés difperfez vos foldats.
La gloire d'un guerrier eft affez fatisfaite,
S'il peut favorifer une heureufe retraite :
Allez ; fi nous avons à livrer des combats,
Il fera bientôt tems d'illuftrer votre bras.

C H Œ U R.

Triomphons, triomphons fur la terre & fur l'onde ;
    Portons nos loix au bout de l'univers :
Notre audace, en ce jour, découvre un nouveau monde :
    Nous fommes faits pour lui donner des fers.

S C E N E II.

C A R I M E *feule.*

Transports de ma fureur, amour, rage funefte,
Tyrans de la raifon, où guidez-vous mes pas ?
C'eft affez déchirer mon cœur par vos combats ;
Ha ! du moins éteignez un feu que je détefte,
    Par mes pleurs ou par mon trépas.
Mais je l'efpere en vain, l'ingrat y regne encore,
Ses outrages cruels n'ont pu me dégager.
Je reconnois toujours, hélas ! que je l'adore,
    Par mon ardeur à m'en venger.
Transports de ma fureur, &c.

Mais que fervent ces pleurs ?....Qu'elle pleure elle-même.
C'eft ici le féjour des enfans du foleil ,
Voilà de leur abord le fuperbe appareil,
Qu'y viens-je faire hélas ! dans ma fureur extrême ?
  Je viens leur livrer ce que j'aime,
  Pour leur livrer ce que je hais !
 Ofes-tu l'efpérer , infidele Carime ?
Les fils du ciel font-ils faits pour le crime ?
  Ils detefteront tes forfaits.
Mais s'ils avoient aimé.....s'ils ont des cœurs fenfibles ;
Ah ! fans doute ils le font, s'ils ont reçu le jour.
Le ciel peut-il former des cœurs inacceffibles
  Aux tourmens de l'amour !

SCENE III.

ALVAR, CARIME.

ALVAR.

QUE vois-je! Quel éclat! Ciel! Comment tant de
　　charmes
　　Se trouvent-ils en ces déserts!
　　Que serviront ici la valeur & les armes?
　　　C'est à nous d'y porter les fers.

CARIME, *en action de se prosterner.*

Je suis encor, seigneur, dans l'ignorance
Des hommages qu'on doit.....

ALVAR, *la retenant.*

　　　　　　　J'en puis avoir reçus;
　　Mais où brille votre présence,
　　C'est à vous seule qu'ils sont dus.

CARIME.

Quoi donc! refusez-vous, seigneur, qu'on vous adore?
　　N'êtes-vous pas des Dieux!

ALVAR.

On ne doit adorer que vous seule en ces lieux,

Au titre de héros nous afpirons encore.
　　Mais daignez m'inftruire à mon tour,
　　Si mon cœur en ce lieu fauvage
　　Doit en vous admirer l'ouvrage
　　De la nature ou de l'amour.

C A R I M E.

Vous féduifez le mien par un fi doux langage,
Je n'en attendois pas de tels en ce féjour.

A L V A R.

L'amour veut par mes foins réparer en ce jour
Ce qu'ici vos appas ont de défavantage :
Ces lieux groffiers ne font pas faits pour vous:
Daignez nous fuivre en un climat plus doux.
　　Avec tant d'appas en partage,
　　L'indifférence eft un outrage
　　Que vous ne craindrez pas de nous.

C A R I M E.

Je ferai plus encore ; & je veux que cette ifle,
Avant la fin du jour, réconnoiffe vos loix.
Les peuples effrayés vont d'afyle en afyle
Chercher leur fûreté dans le fond de nos bois :
Le Cacique lui-même en d'obfcures retraites
　　A dépofé fes biens les plus chéris.
Je connois les détours de ces routes fecretes,
Des otages fi chers.....

ALVAR.

Croyez-vous qu'à ce prix
Nos cœurs foient fatisfaits d'emporter la victoire ?
Notre valeur fuffit pour nous la procurer.
Vos foins ne ferviroient qu'à ternir notre gloire,
Sans la mieux affurer.

CARIME.

Ainfi, tout fe refufe à ma jufte colere !

ALVAR.

Jufte ciel, vous pleurez ! ai-je pu vous déplaire ?
Parlez, que falloit-il ?....

CARIME.

Il falloit me venger.

ALVAR.

Quel indigne mortel a pu vous outrager ?
Quel monftre a pu former ce deffein téméraire ?

CARIME.

Le Cacique.

ALVAR.

Il mourra : c'eft fait de fon deftin.
Tous moyens font permis pour punir une offenfe,
Pour courir à la gloire il n'eft qu'un feul chemin ;
Il en eft cent pour la vengeance.
Il faut venger vos pleurs & vos appas ;

Mais mon zele empreſſé n'eſt pas ici le maitre :
Notre chef, en ces lieux, va bientôt reparoitre :
Je vais tout préparer pour marcher ſur vos pas.

ENSEMBLE.

Vengeance, amour, uniſſez-vous ;
Portez par-tout le ravage.
Quand vous animez le courage,
Rien ne réſiſte à vos coups.

ALVAR.

La colere en eſt plus ardente,
Quand ce qu'on aime eſt outragé.

CARIME.

Quand l'amour en haine eſt changé,
La rage eſt cent fois plus puiſſante.

ENSEMBLE.

Vengeance, amour, uniſſez-vous, &c.

Fin du ſecond Acte.

ACTE III.

Le théatre change & repréfente les appartemens
du Cacique.

SCENE PREMIERE.

DIGIZÉ *feule.*

Tourmens des tendres cœurs, terreurs, craintes fatales,
Triftes preffentimens , vous voilà donc remplis.
Funefte trahifon d'une indigne rivale ,
Noirs crimes de l'amour , reftez-vous impunis ?
  Hélas ! dans mon effroi timide ,
Je ne foupçonnois pas , cher & fidele époux,
  De quelle main perfide
  Te viendroient de fi rudes coups.
Je connois trop ton cœur , le fort qui nous fépare
  Terminera tes jours :
Et je n'attendrai pas qu'une main moins barbare
  Des miens vienne trancher le cours.
Tourmens des tendres cœurs, terreurs, craintes fatales, &c.
Cacique redouté , quand cette heureufe rive
Retentiffoit par-tout de tes faits glorieux ,
Qui t'eût dit qu'on verroit ton époufe captive
  Dans le palais de tes ayeux !

SCENE

SCÈNE II.

DIGIZÉ, CARIME.

DIGIZÉ.

Venez-vous insulter à mon sort déplorable?

CARIME.

Je viens partager vos ennuis.

DIGIZÉ.

Votre fausse pitié m'accable
Plus que l'état même où je suis.

CARIME.

Je ne connois point l'art de feindre :
Avec regret je vois couler vos pleurs.
Mon desespoir a causé vos malheurs ;
Mais mon cœur commence à vous plaindre,
　　Sans pouvoir guérir vos douleurs.
　　　Renonçons à la violence ,
　　　Quand le cœur se croit outragé :
　　　A peine a-t-on puni l'offense ,
Qu'on sent moins le plaisir que donne la vengeance
　　　Que le regret d'être vengé.

DIGIZÉ.

　　Quand le remede est impossible ,
Vous regrettez les maux où vous me réduisez ;
　　　C'est quand vous les avez causés
　　　Qu'il y falloit être sensible.

C

ENSEMBLE.

Amour, amour, tes cruelles fureurs,
Tes injuftes caprices,
Ne cefferont-ils point de tourmenter les cœurs?
Fais-tu de nos fupplices
Tes plus cheres douceurs?
Nos tourmens font-ils tes délices?
Te nourris-tu de nos pleurs?
Amour, amour, tes cruelles fureurs,
Tes injuftes caprices
Ne cefferont-ils point de tourmenter les cœurs?

CARIME.

Quel bruit ici fe fait entendre!
Quels cris! Quels fons étincelans!

DIGIZÉ.

Du Cacique en fureur les tranfports violens......
Si c'étoit lui.....Grands dieux! qu'ofe-t-il entreprendre.
Le bruit redouble, hélas! peut-être il va périr;
Ciel! jufte ciel, daigne le fecourir.
(On entend des décharges de moufqueterie qui fe mê-
lent au bruit de l'orcheftre.)

ENSEMBLE.

Dieux! quel fracas, quel bruit, quels éclats de tonnerre!
Le foleil irrité renverfe-t-il la terre!

SCENE III.

COLOMB *suivi de quelques guerriers*, DIGIZÉ, CARIME.

COLOMB.

C'Est affez. Épargnons de foibles ennemis.
Qu'ils fentent leur foibleffe avec leur efclavage ;
Avec tant de fierté , d'audace & de courage ,
    Ils n'en feront que plus punis.

DIGIZÉ.

Cruels ! qu'avez-vous fait ?... Mais ô ciel ! c'eft lui-même.

SCENE IV.

ALVAR, LE CACIQUE *défarmé*, *& les acteurs précédens.*

ALVAR.

JE l'ai furpris, qui feul, ardent & furieux,
Cherchoit à pénétrer jufqu'en ces mêmes lieux.

COLOMB.

Parle, que voulois-tu dans ton audace extrême ?

LE CACIQUE.

Voir Digizé, t'immoler, & mourir.

COLOMB.

Ta barbare fierté ne peut fe démentir :
Mais, réponds, qu'attends-tu de ma jufte colere ?

LE CACIQUE.

Je n'attends rien de toi ; va, remplis tes projets.
　　Fils du foleil, de tes heureux fuccès
　　Rends grace aux foudres de ton pere,
　　Dont il t'a fait dépofitaire.
Sans ces foudres brûlans, ta troupe en ces climats
N'auroit trouvé que le trépas.

COLOMB.

Ainſi donc ton arrét eſt dicté par toi-même.

CARIME.

Calmez votre colere extréme ;
Accordez aux remords, préts à me déchirer ,
De deux tendres époux la vie & la couronne ?
　J'ai fait leurs maux , je veux les réparer :
　　Ou ſi votre rigueur l'ordonne ,
　　Avec eux je veux expirer.

COLOMB.

Daignent-ils recourir à la moindre priere ?

LE CACIQUE.

Vainement ton orgueil l'eſpere ,
Et jamais mes pareils n'ont prié que les Dieux.

CARIME à *Alvar*.

Obtenez ce bienfait ſi je plais à vos yeux.

CARIME, ALVAR, DIGIZÉ.

Excuſez deux époux, deux amans trop ſenſibles ,
　Tout leur crime eſt dans leur amour.
　　Ah ! ſi vous aimiez un jour ,
　　Voudriez-vous , à votre tour ,
Ne rencontrer que des cœurs inflexibles ?

C 3

CARIME.

Ne vous rendrez - vous point ?

COLOMB.

Allez , je fuis vaincu.
Cacique malheureux, remonte fur ton tròne.

(*On lui rend fon épéc.*)

Reçois mon amitié , c'eft un bien qui t'eft dû.
Je fonge , quand je te pardonne ,
Moins à leurs pleurs qu'à ta vertu.

(*A Carime.*)

Pour ces triftes climats la vôtre n'eft pas née.
Senfible aux feux d'Alvar , daignez les couronner.
Venez montrer l'exemple à l'Efpagne étonnée ,
Quand on pourroit punir , de favoir pardonner.

LE CACIQUE.

C'eft toi qui viens de le donner ;
Tu me rends Digizé , tu m'as vaincu par elle.
Tes armes n'avoient pu dompter mon cœur rebelle,
Tu l'as foumis par tes bienfaits.
Sois fûr, dès cet inftant, que tu n'auras jamais
D'ami plus empreffé, de fujet plus fidele.

COLOMB.

Je te veux pour ami , fois fujet d'Ifabelle.
Vante - nous déformais ton éclat prétendu ,
Europe , en ce climat fauvage ,

On éprouve autant de courage,
On y trouve plus de vertu.
O vous, que, des deux bouts du monde,
Le deſtin raſſemble en ces lieux,
Venez, peuples divers, former d'aimables jeux?
    Qu'à vos concerts l'écho réponde :
    Enchantez les cœurs & les yeux.
    Jamais une plus digne fête
      N'attira vos regards.
    Nos jeux font les enfans des arts,
    Et le monde en eſt la conquéte.
Hâtez-vous, accourez, venez de toutes parts,
    O vous, que des deux bouts du monde
    Le deſtin raſſemble en ces lieux,
    Venez former d'aimables jeux.

SCENE V.

Les acteurs précédens , peuples Espagnols &
Amériquains.

CHŒUR.

ACCOURONS, accourons, formons d'aimables jeux:
Qu'à nos concerts l'écho réponde ,
Enchantons les cœurs & les yeux.

UN AMÉRIQUAIN.

Il n'est point de cœur sauvage
Pour l'amour :
Et dès qu'on s'engage
En ce séjour ,
C'est sans partage.
Point d'autres plaisirs
Que de douces chaînes ,
Nos uniques peines
Sont nos vains desirs ,
Quand des inhumaines
Causent nos soupirs.
Il n'est point &c.

UNE ESPAGNOLE.

Voguons ,
Parcourons

Les ondes,
Nos plaifirs auront leur tour.
Découvrir
De nouveaux mondes,
C'eft offrir
De nouveaux mirthes à l'amour.
Plus loin que Phœbus n'étend
Sa carriere,
Plus loin qu'il ne répand
Sa lumiere,
L'amour fait fentir fes feux.
Soleil ! tu fais nos jours, l'amour les rend heureux.
Voguons, &c.

C H Œ U R.

Répandons dans tout l'univers
Et nos tréfors & l'abondance,
Uniffons par notre alliance
Deux mondes féparés par l'abime des mers.

Fin du troifieme & dernier acte.

A I R

Ajouté à la fête du troisieme acte.

D I G I Z É.

TRIOMPHES, amour, regnes en ces lieux,
Retour de mon bonheur, doux tranfports de ma flamme.
   Plaifirs charmans, plaifirs des Dieux,
     Enchantez, enivrez mon ame ;
     Coulez, torrens délicieux.
Fille de la vertu, tranquillité charmante,
Tu n'exclus point des cœurs l'aimable volupté.
   Les doux plaifirs font la félicité,
     Mais c'eft toi qui la rend conflante.

FRAGMENS
D'IPHIS,
TRAGÉDIE.
POUR
L'académie royale de musique.

ACTEURS.

ORTULE, *roi d'Élide.*

PHILOXIS, *prince de Micenes.*

ANAXARETTE, *fille du feu roi d'Élide.*

ÉLISE, *princeſſe de la cour d'Ortule.*

IPHIS., *officier de la maiſon d'Ortule.*

ORANE, *ſuivante d'Éliſe.*

UN CHEF *des guerriers de Philoxis.*

CHŒUR *de guerriers.*

CHŒUR *de la ſuite d'Anaxarette.*

CHŒUR *de dieux & de déeſſes.*

CHŒUR *de ſacrificateurs & de peuples.*

CHŒUR *de furies danſantes.*

I P H I S ,

T R A G É D I E.

*Le théatre repréfente un rivage , &, dans le fond,
une mer couverte de vaiffeaux.*

S C E N E   P R E M I E R E.

É L I S E ,   O R A N E.

O R A N E.

PRINCESSE, enfin votre joie eft parfaite ;
  Rien ne troublera plus vos feux.
Philoxis de retour , Philoxis amoureux ,
Vient d'obtenir du roi la main d'Anaxarette ;
Elle confent fans peine à ce choix glorieux ;
L'afpect d'un fouverain puiffant, victorieux ,
Efface dans fon cœur la plus vive tendreffe :
Le trop conftant Iphis n'eft plus rien à fes yeux ,
  La feule grandeur l'intéreffe.

É L I S E.

  En vain tout paroit confpirer
  A favorifer ma flamme ;
Je n'ofe point encor, cher Orane, efpérer
Qu'il devienne fenfible aux tourmens de mon ame :
Je connois trop Iphis , je ne puis m'en flatter.
Son cœur eft trop conftant, fon amour eft trop tendre :

Non , rien ne pourra l'arrêter ;
Il faura même aimer , fans pouvoir rien prétendre.

O R A N E.

Eh quoi ! vous penferiez qu'il ofât refufer
Un cœur qui borneroit les vœux de cent monarques ?

É L I S E.

Hélas ! il n'a déja que trop fu méprifer
    De mes feux les plus tendres marques.

O R A N E.

Pourroit - il oublier fa naiffance , fon rang ,
    Et l'éclat dont brille le fang
    Duquel les Dieux vous ont fait naître.

É L I S E.

Quelques foient les aïeux dont il a reçu l'être ,
Iphis fait mériter un plus illuftre fort ,
    Et par un courageux effort ,
Se frayer le chemin d'une cour plus brillante.
Ses aimables vertus, fa vertu éclatante,
    Ont fu lui captiver mon cœur.
    Je me ferois honneur
     D'une femblable foibleffe ,
   Si pour répondre à mon ardeur
   L'ingrat employoit fa tendreffe :
   Mais, peu touché de ma grandeur ,
Et moins encor de mon amour extrême ,
   Il a beau favoir que je l'aime ,
   Je n'en fuis pas mieux dans fon cœur.
Il ofe foupirer pour la fille d'Ortule ;

Elle - même jufqu'à ce jour
A fu partager fon amour :
Et malgré fa fierté, malgré tout fon fcrupule,
Je l'ai vu s'attendrir & l'aimer à fon tour.
Seule, de fon fecret je tiens la confidence ;
Elle m'a fait l'aveu de leurs plus tendres feux.
Oh ! qu'une telle confiance
Eft dure à fupporter pour mon cœur amoureux !

O R A N E.

Quelque foit l'excès de fa flamme ,
Elle brife aujourd'hui les nœuds les plus charmans.
Si l'amour regnoit bien dans le fond de fon ame,
Oublieroit-elle ainfi les vœux & les fermens ?
Laiffez agir le tems, laiffez agir vos charmes.
Bientôt Iphis, irrité des mépris
De la beauté dont fon cœur eft épris,
Va vous rendre les armes.

A I R.

Pour finir vos peines
Amour va lancer fes traits.
Faites briller vos attraits ,
Formez de douces chaines.
Pour finir vos peines
Amour va lancer fes traits.

É L I S E.

Orane, malgré moi , la crainte m'intimide.
Hélas ! je fens couler mes pleurs.
Iphis, que tu ferois perfide ,
Si, fans les partager , tu voyois mes douleurs.

Mais c'eft affez tarder ; cherchons Anaxarette.
Philoxis en ces lieux lui prépare une fête ,
Je dois l'accompagner. Orane, fuivez-moi.

SCENE II.

IPHIS *feul.*

AMOUR, que de tourmens j'endure fous ta loi !
Que mes maux font cruels ! que ma peine eft extrême !
  Je crains de perdre ce que j'aime ;
  J'ai beau m'affurer fur fon cœur,
  Je fens , hélas ! que fon ardeur
  M'eft une trop foible affurance
  Pour me rendre mon efpérance.
  Je vois déja fur ce rivage
Un rival orgueilleux, couronné de lauriers ,
  Au milieu de mille guerriers,
  Lui préfenter un doux hommage :
  En cet état ofe-t-on refufer
  Un amant tout couvert de gloire ?
  Hélas ! je ne puis accufer
  Que fa grandeur & fa victoire !
  De funeftes preffentimens
  Tour-à-tour dévorent mon ame ;
  Mon trouble augmente à tous momens.
Anaxarette.....Dieux.....trahiriez-vous ma flamme ?

A I R.

  Quel prix de ma conftante ardeur ,
  Si vous deveniez infidelle !

         Élife

Élise étoit charmante & belle,
J'ai cent fois refusé son cœur.
Quel prix de ma constante ardeur,
Si vous deveniez infidele !

SCENE III.

LE ROI, PHILOXIS.

LE ROI.

Prince, je vous dois aujourd'hui
L'éclat dont brille la couronne ;
Votre bras est le seul appui
Qui vient de rassurer mon trône :
Vous avez terrassé mes plus fiers ennemis ;
Tout parle de votre victoire.
Des sujets révoltés vouloient ternir ma gloire,
Votre valeur les a soumis :
Jugez de la grandeur de ma reconnoissance
Par l'excès du bienfait que j'ai reçu de vous.
Vous possédez deja la suprême puissance ;
Soyez encore heureux époux.
Je dispose d'Anaxarette,
Ortule, en expirant, m'en laissa le pouvoir.
Philoxis, si sa main peut flatter votre espoir,
A former cet hymen aujourd'hui je m'apréte.

PHILOXIS.

Que ne vous dois-je point, seigneur,
Que mes plaisirs sont doux, qu'ils sont remplis de charmes !

D

Ah ! l'heureux fuccès de mes armes
Eſt bien payé par un ſi grand bonheur !

A I R.

Tendre amour, aimable efpérance ,
Régnez à jamais dans mon cœur.
Je vois récompenfer la plus parfaite ardeur,
Je reçois aujourd'hui le prix de ma conſtance.
　Ce que j'ai fenti de fouffrance
　N'eſt rien auprès de mon bonheur.
Tendre amour , aimable efpérance ,
Régnez à jamais dans mon cœur :
Je vais poſſéder ce que j'aime ;
Ah! Philoxis eſt trop heureux !

L E　R O I.

Je fens une joie extréme ,
De pouvoir combler vos vœux.

E N S E M B L E.

La paix fuccede aux plus vives alarmes,
Livrons-nous aux plus doux plaiſirs ;
Goùtons , goùtons-en tous les charmes ;
Nous ne formerons plus d'inutiles defirs.

L E　R O I.

La gloire a couronné vos armes ,
Et l'hymen, en ce jour, couronne vos foupirs.

E N S E M B L E.

La paix fuccede , &c.

L E　R O I.

Prince, je vais, pour cet ouvrage ,
Tout préparer dès ce moment :

Vous allez être heureux amant :
C'eft le fruit de votre courage.

P H I L O X I S.

Et moi, pour annoncer en ces lieux mon bonheur,
Allons, fur mes vaiſſeaux triomphant & vainqueur,
  De dépouilles de ma conquête
Faire un hommage aux pieds d'Anaxarette.

S C E N E   I V.

A N A X A R E T T E feule.

A I R.

JE cherche en vain à diſſiper mon trouble,
  Non, rien ne fauroit l'appaifer ;
  J'ai beau m'y vouloir oppofer,
  Malgré moi ma peine redouble.
Enfin il eſt donc vrai, j'époufe Philoxis,
Et j'ai pu confentir à trahir ma tendreſſe !
C'eſt inutilement que mon cœur s'intereſſe
  Au bonheur de l'aimable Iphis.
Falloit-il, Dieux puiſſans, qu'une fi douce flamme,
  Dont j'attendois tout mon bonheur,
  N'ait pu paſſer jufqu'en mon ame
Sans offenfer ma gloire & mon honneur :
Je cherche en vain, &c.
  Je fens encore tout mon amour,
Quoique pour l'étouffer l'ambition m'infpire,
  Et je m'apperçois trop qu'à leur tour
Mes yeux verfent des pleurs, & que mon cœur foupire,
                    D 2

I P H I S,

Mais quoi pourrois-je balancer ?

Pour deux objets puis-je m'intéreſſer ?

L'un eſt roi triomphant , l'autre amant ſans naiſſance ;

Ah ! ſans rougir je ne puis y penſer ;

Et j'en ſens trop la différence ,

Pour oſer encore héſiter :

Non , ſachons mieux nous acquitter

Des loix que la gloire m'impoſe.

Régnons , mon rang ne me propoſe

Qu'une couronne à ſouhaiter ;

Et je ne ſerois plus digne de la porter ,

Si je déſirois autre choſe.

S C E N E V.

É L I S E , A N A X A R E T T E.

Suite d'Anaxarette qui entre avec Éliſe.

É L I S E.

PHILOXIS eſt enfin de retour en ces lieux,

Il ramene avec lui l'amour & la victoire ;

Et cet amant , comblé de gloire ,

En vient faire hommage à vos yeux :

Ces vaiſſeaux triomphans , autour de ce rivage,

Semblent annoncer ſes exploits.

Nos ennemis vaincus , & ſoumis à nos loix ,

Sont des preuves de ſon courage.

Princeſſe , dans cet heureux jour,

Vous allez partager l'éclat qui l'environne ;

Qu'avec plaiſir on porte une couronne,

Quand on la reçoit de l'amour.

A N A X A R E T T E.

Je fens l'excès de mon bonheur extrême,
Et je vois accomplir mes plus tendres defirs.
Hélas ! que ne puis-je de même
Voir finir mes tendres foupirs !
On entend des trompettes & des timballes derriere
le théatre.
Mais qu'entends-je ? quel bruit de guerre
Vient en ces lieux frapper les airs ?

É L I S E.

Quels fons harmonieux ! quels éclatants concerts !

E N S E M B L E.

Ciel ! quel augufte afpect paroit fur cette terre !

S C E N E V I.

Ici quatre trompettes paroiffent fur le théatre, fuivis
d'un grand nombre de guerriers vétus magnifi-
quement.

A N A X A R E T T E, É L I S E, *fuite d'Anaxarette,*
chef des guerriers, chœur de guerriers .

L E C H E F *des guerriers à Anaxarette.*

Recevez, aimable princeffe,
L'hommage d'un amant tendre & refpectueux.
C'eft de fa part que dans ces lieux
Nous venons vous offrir fes vœux & fa richeffe.

(*En cet endroit on voit entrer, au fon des trompettes,*
plufieurs guerriers, vétus légérement, qui portent des

préſens magnifiques à la fin deſquels eſt un beau tro-
phée ; ils forment une marche , & vont en danſant
offrir leurs préſens à la princeſſe , pendant que le
chef des guerriers chante.)

L E   C H E F   *des guerriers.*

Régnez à jamais ſur ſon cœur,
Partagez ſon amour extréme ,
Et que de ſa flamme même
Puiſſe naitre votre ardeur.

Et vous guerriers, chantons l'heureuſe chaine
Qui va couronner nos vœux ;
Honorons notre ſouveraine ,
Sous ſes loix vivons ſans peine :
Soyons à jamais heureux.

C H Œ U R   *des guerriers.*

Chantons , chantons l'heureuſe chaine
Qui va couronner nos vœux ;
Honorons notre ſouveraine,
Sous ſes loix vivons ſans peine ;
Soyons à jamais heureux.

É L I S E.

Jeunes cœurs, en ce ſéjour
Rendez-vous ſans plus attendre ,
Craignez d'irriter l'amour.
Chaque cœur doit à ſon tour
Devenir amoureux & tendre.
On veut en vain ſe défendre ,
Il faut aimer un jour.

IN NUPTIAS

CAROLI EMANUELIS,
INVICTISSIMI SARDINIÆ REGIS,

DUCIS SABAUDIÆ, &c.
ET

REGINÆ AUGUSTISSIMÆ

ELISABETHÆ.

O D E.

Ergo nunc vatem , mea mufa, Regi
Plectra juffifti nova dedicare ?
Ergo da magnum celebrare digno
    Carmine Regem.

Inter Europæ populos furorem
Impius belli Deus excitarat.
Omnis armorum ftrepitu fremebat
    Itala tellus.

Interim cæco latitans fub antro
Mœfta pax diros hominum tumultus
Audit , undantefque videt recenti
    Sanguine campos.

D 4

Cernit heroe mprocul æftuantem,
Carolum agnofcit fpoliis onuftum;
Diva fufpirans adit, atque mentem
    Flectere tentat.

Te quid armorum juvat, inquit, horror?
Parce jam victis, tibi parce, Princeps,
Ne caput facrum per aperta belli
    Mitte pericla.

Te diu Movors ferus occupavit,
Teque palmarum feges ampla ditat,
Nunc pius pacem cole, mitiores
    Concipe fenfus.

Ecce divinam fuper puellam,
Præmium pacis, tibi deftinarunt
Sanguinem regum, Lotharæque claram
    Stemmate gentis.

Scilicet tantum meruere munus
Regiæ dotes, amor unus æqui,
Sanctitas morum, pietafque caftæ
    Hofpita mentis.

Paruit Princeps monitis Deorum,
Ergo feftina generofa virgo,
Nec foror, nec te lacrimis moretur
    Anxia mater.

Montium nec te nive candidorum
Terreat furgens fuper aftra moles,
Se tibi fenfim juga celfa prono
    Culmine fiftent.

Cernis ? ô! quanta fpeciofa pompa
Ambulat, currum teneri lepores
Ambiunt, fponfæ fedet & modefto
    Gratia vultu.

Rex ut attenta bibit aure famam!
Splendidà latè comitatus aulà,
Ecce confeftim volat inquieto
    Raptus amore.

Qualis in cœlo radiis corufcans
Vulgus aftrorum tenebris recondit
Phœbus, augufto micat inter omnes
    Lumine Princeps.

Carole, heroum generofe fanguis,
Quâ lirâ vel quo fatis ore poffim
Mentis excelfæ titulos & ingens
    Dicere pectus.

Nempe magnorum meditans avorum
Facta, quos virtus fua confecravit,
Arte qua cœlum meruêre cœlum
    Scandere tendis.

Clara feu bello referas trophæa,
Seu colas artes placidus quietas,
Mille te monftrant monumenta magnum
    Inclita Regem.

Venit, ô! feftos geminate plaufus,
Venit optanti data diva terræ,
Blanda quæ tandem populis revexit
    Otia venit.

Hujus adventu , fugiente brumà ,
Omnis Aprili via ridet hertrà ,
Floribus fpirant , viridique lucent
  Gramine campi. `

Protinus pagis bene feriatis
Exeunt læti proceres , coloni ;
Obviam paffim tibi corda currunt,
  Regia conjux.

Afpicis ? Crebrâ crepitante flammâ
Ignis ut cunctas fimulat figuras ,
Ut fugat noctem , riguis ut æther
  Depluit aftris.

Audiunt colles , & opaca longe
Colla fubmittunt , trepidæque circum
Contremunt pinus , iteratque voces
  Alpibus echo.

Vive ter centum , bone Rex , per annos ;
Sic thori confors bona , vive ; veftrum
Vivat æternum genus , & Sabaudis
  Imperet annis.

Offerebat Regi , &c.
JOHANNES PUTHOD , Canonicus Rupenfis.

TRADUCTION.

Muse, vous exigez de moi que je confacre au Roi de nouveaux chants, infpirez-moi donc des vers dignes d'un fi grand monarque.

Le terrible Dieu des combats avoit femé la difcorde entre les peuples de l'Europe : toute l'Italie retentif-foit du bruit des armes; pendant que la trifte paix entendoit du fond d'une antre obfcure les tumultes furieux, excités par les humains, & voyoit les cam-pagnes inondées de nouveaux flots de fang. Elle dif-tingue de loin un héros enflammé par fa valeur; c'eft Charles qu'elle reconnoît, chargé de glorieufes dépouil-les. La déeffe l'aborde en foupirant, & tâche de le fléchir par fes larmes.

Prince, lui dit-elle, quels charmes trouvez-vous dans l'horreur du carnage ? Épargnez des ennemis vaincus; épargnez-vous vous-même, & n'expofez plus votre tête facrée à de fi grands périls; le cruel Mars vous a trop long-tems occupé. Vous êtes chargé d'une ample moif-fon de palmes. Il eft tems déformais que la paix ait part à vos foins, & que vous livriez votre cœur à des fentimens plus doux. Pour le prix de cette paix les dieux vous ont deftiné une jeune & divine princeffe

du fang des rois, illuftre par tant de héros que l'augufte maifon de Lorraine a produits, & qu'elle compte
parmi fes ancêtres. Un fi digne préfent eft la récom-
penfe de vos vertus royales, de votre amour pour l'é-
quité, de la fainteté de vos mœurs, & de cette douce
humanité, fi naturelle à votre ame pure.

Le monarque acquiefce aux exhortations des dieux.
Hâtez-vous, généreufe princeffe, ne vous laiffez point
retarder par les larmes d'une fœur & d'une mere af-
fligée. Que ces monts couverts de neige, dont le fom-
met fe perd dans les cieux, ne vous effrayent point.
Leurs cimes élevées s'abaifferont pour favorifer votre
paffage.

Voyez avec quel cortege brillant marche cette charmante époufe, les Graces environnent fon char, & fon
vifage modefte eft fait pour plaire.

Cependant le roi écoute avec empreffement tous les
éloges que répand la Renommée. Il part, accompa-
gné d'une cour pompeufe. Il vole, emporté par l'impatience de fon amour. Tel que l'éclatant Phœbus
efface dans le ciel, par la vivacité de fes rayons, la
lumiere des autres aftres, ainfi brille cet augufte prince
au milieu de tous fes courtifans.

Charles, généreux fang des héros, quels accords affez fublimes, quels vers affez majeftueux pourrai-je

employer pour chanter dignement les vertus de ta
grande ame & l'intrépidité de ta valeur. Ce fera, grand
Prince, en méditant fur les hauts faits de tes magna-
nimes ayeux que leur vertu a confacrés ; car tu cours
à la gloire par le même chemin qu'ils ont pris pour
y parvenir.

Soit que tu remportes de la guerre les plus glorieux trophées, & qu'en paix tu cultives les beaux
arts, mille monumens illuftres témoignent la grandeur
de ton regne.

Mais redoublez vos chants d'allégreffe ; je vois arriver cette reine divine que le ciel accorde à nos vœux :
elle vient; c'eft elle qui a ramené de doux loifirs parmi les peuples. A fon abord l'hiver fuit, toutes les
routes fe parent d'une herbe tendre ; les champs brillent de verdure, & fe couvrent de fleurs. Auffi-tôt
les maitres & les ferviteurs quittent leur labourage &
accourent pleins de joie. Royale époufe, les cœurs
volent de toutes parts au-devant de vous.

Voyez comment, au milieu des torrens d'une flamme bruyante, le feu prend toutes fortes de figures.
Voyez fuir la nuit ; voyez cette pluye d'Aftrée qui femble fe détacher du ciel.

Le bruit fe fait entendre dans les montagnes, &
paffe bien loin au-deffus de leurs cimes maffives, les

fapins d'alentour étonnés en frémiffent , & les échos
des Alpes en redoublent le retentiffement.

Vivez , bon roi , parcourez la plus longue carriere :
vivez de même , digne époufe ; que votre poftérité vive
éternellement & donne fes loix à la Savoie.

LE VERGER

DES

CHARMETTES.

Rara domus tenuem non afpernatur amicum :
Raraque non humilem calcat faſtofa clientem.

AVERTISSEMENT.

J'AI eu le malheur autrefois de refufer des vers à des perfonnes que j'honorois, & que je refpectois infiniment, parce que je m'étois déformais interdit d'en faire. J'ofe efpérer cependant que ceux que je publie aujourd'hui ne les offenferont point ; & je crois pouvoir dire, fans trop de rafinement, qu'ils font l'ouvrage de mon cœur, & non de mon efprit. Il eft même aifé de s'appercevoir que c'eft un enthoufiafme impromptu, fi je puis parler ainfi, dans lequel je n'ai gueres fongé à briller. De fréquentes répétitions dans les penfées, & même dans les tours, & beaucoup de négligence dans la diction, n'annoncent pas un homme fort empreffé de la gloire d'être un bon poëte. Je déclare de plus que fi l'on me trouve jamais à faire des vers galans, ou de ces fortes de belles chofes qu'on appelle des jeux d'efprit, je m'abandonne volontiers à toute l'indignation que j'aurai méritée.

Il faudroit m'excufer auprès de certaines gens d'avoir loué ma bienfaitrice, & auprès des perfonnes de mérite, de n'en avoir pas affez dit de bien ; le filence que je garde à l'égard des pre-

miers n'eſt pas ſans fondement : quant aux autres, j'ai l'honneur de les aſſurer que je ſerai toujours infiniment ſatisfait de m'entendre faire le
même reproche.

Il eſt vrai qu'en félicitant madame de W***
ſur ſon penchant à faire du bien, je pouvois
m'étendre ſur beaucoup d'autres vérités, non
moins honorables pour elle. Je n'ai point prétendu être ici un panégyriſte, mais ſimplement
un homme ſenſible & reconnoiſſant, qui s'a-
muſe à décrire ſes plaiſirs.

On ne manquera pas de s'écrier : un malade
faire des vers ! un homme à deux doigts du
tombeau ! C'eſt préciſément pour cela que j'ai
fait des vers. Si je me portois moins mal, je
me croirois comptable de mes occupations au
bien de la ſociété ; l'état où je ſuis ne me per-
met de travailler qu'à ma propre ſatisfaction.
Combien de gens qui regorgent de biens & de
ſanté ne paſſent pas autrement leur vie entiere ? Il faudroit auſſi ſavoir ſi ceux qui me feront ce reproche ſont diſpoſés à m'employer à
quelque choſe de mieux.

LE VERGER
DES
CHARMETTES.

Verger cher à mon cœur, féjour de l'innocence,
Honneur des plus beaux jours que le ciel me difpenfe,
Solitude charmante, afyle de la paix,
Puiffe-je, heureux verger, ne vous quitter jamais!

O jours délicieux, coulez fous vos ombrages!
De Philomele en pleurs les languiffans ramages,
D'un ruiffeau fugitif le murmure flatteur,
Excitent dans mon ame un charme féducteur.
J'apprends fur votre émail à jouir de la vie :
J'apprends à méditer fans regret, fans envie,
Sur les frivoles goûts des mortels infenfés ;
Leurs jours tumultueux, l'un par l'autre pouffés,
N'enflamment point mon cœur du defir de les fuivre.
A de plus grands plaifirs je mets le prix de vivre ;
Plaifirs toujours charmans, toujours doux, toujours purs,
A mon cœur enchanté vous êtes toujours fûrs.
Soit qu'au premier afpect d'un beau jour prêt d'éclore,
J'aille voir ces côteaux qu'un foleil levant dore,
Soit que vers le midi, chaffé par fon ardeur,
Sous un arbre touffu je cherche la fraicheur ;
Là, portant avec moi Montagne ou la Bruyere,
Je ris tranquilement de l'humaine mifere ;

E 2

Ou bien avec Socrate & le divin Platon
Je m'exerce à marcher fur les pas de Caton :
Soit qu'une nuit brillante, en étendant fes voiles,
Découvre à mes regards la lune & les étoiles,
Alors, fuivant de loin la Hire & Caffini,
Je calcule, j'obferve, & près de l'infini,
Sur ces mondes divers que l'æther nous recele,
Je pouffe, en raifonnant, Huyghens & Fontenelle:
Soit enfin que, furpris d'un orage imprévu,
Je raffure, en courant, le berger éperdu,
Qu'épouvantent les vents qui fiflent fur fa tête,
Les tourbillons, l'éclair, la foudre, la tempête;
Toujours également heureux & fatisfait,
Je ne defire point un bonheur plus parfait.

O vous, fage Warens, éleve de Minerve,
Pardonnez ces tranfports d'une indifcrette verve;
Quoique j'euffe promis de ne rimer jamais,
J'ofe chanter ici les fruits de vos bienfaits.
Oui, fi mon cœur jouit du fort le plus tranquille,
Si je fuis la vertu dans un chemin facile,
Si je goûte en ces lieux un repos innocent,
Je ne dois qu'à vous feule un fi rare préfent.
Vainement des cœurs bas, des ames mercénaires,
Par des avis cruels plutôt que falutaires,
Cent fois ont effayé de m'ôter vos bontés :
Ils ne connoiffent pas le bien que vous goutez,
En faifant des heureux, en effuyant des larmes:
Ces plaifirs délicats pour eux n'ont point de charmes.

De Tite & de Trajan les libérales mains
N'excitent dans leurs cœurs que des ris inhumains.
Pourquoi faire du bien dans le fiecle où nous fommes?
Se trouve-t-il quelqu'un dans la race des hommes
Digne d'être tiré du rang des indigens ?
Peut-il, dans la mifere , être d'honnêtes gens ?
Et ne vaut-il pas mieux employer fes richeffes
A jouir des plaifirs qu'à faire des largeffes ?
Qu'ils fuivent à leur gré ces fentimens affreux ,
Je me garderai bien de rien exiger d'eux.
Je n'irai pas ramper, ni chercher à leur plaire ;
Mon cœur fait , s'il le faut , affronter la mifere ,
Et plus délicat qu'eux, plus fenfible à l'honneur,
Regarde de plus près au choix d'un bienfaiteur.
Oui , j'en donne aujourd'hui l'affurance publique,
Cet écrit en fera le témoin authentique ,
Que fi jamais ce fort m'arrache à vos bienfaits ,
Mes befoins jufqu'aux leurs ne recouront jamais.

Laiffez des envieux la troupe méprifable
Attaquer des vertus dont l'éclat les accable.
Dédaignez leurs complots, leur haine, leur fureur ;
La paix n'en eft pas moins au fond de votre cœur ,
Tandis que vils jouets de leurs propres furies,
Alimens des ferpens dont elles font nourries ,
Le crime & les remords portent au fond des leurs
Le trifte châtiment de leurs noires horreurs.
Semblables en leur rage à la guépe maligne,
De travail incapable, & de fecours indigne ,

Qui ne vit que de vols, & dont enfin le fort
Eſt de faire du mal en ſe donnant la mort :
Qu'ils exhalent en vain leur colere impuiſſante,
Leurs menaces pour vous n'ont rien qui m'épouvante ;
Ils voudroient d'un grand roi vous ôter les bienfaits ;
Mais de plus nobles ſoins illuſtrent ſes projets.
Leur baſſe jalouſie, & leur fureur injuſte,
N'arriveront jamais juſqu'à ſon trône auguſte,
Et le monſtre qui regne en leurs cœurs abattus
N'eſt pas fait pour braver l'éclat de ſes vertus.
C'eſt ainſi qu'un bon roi rend ſon empire aimable ;
Il ſoutient la vertu que l'infortune accable :
Quand il doit menacer, la foudre eſt en ſes mains.
Tout roi, ſans s'élever au deſſus des humains,
Contre les criminels peut lancer le tonnerre ;
Mais s'il fait des heureux, c'eſt un Dieu ſur la terre.
Charles, on reconnoit ton empire à ſes traits ;
Ta main porte en tous lieux la joie & les bienfaits,
Tes ſujets égalés éprouvent ta juſtice ;
On ne réclame plus par un honteux caprice
Un principe odieux, proſcrit par l'équité,
Qui, bleſſant tous les droits de la ſociété,
Briſe les nœuds ſacrés dont elle étoit unie,
Refuſe à ſes beſoins la meilleure partie,
Et prétend affranchir de ſes plus juſtes loix
Ceux qu'elle fait jouir de ſes plus riches droits.
Ah ! s'il t'avoit ſuffi de te rendre terrible,
Quel autre, plus que toi, pouvoit être invincible,
Quand l'Europe t'a vu, guidant tes étendards,
Seul entre tous ſes rois briller aux champs de Mars !

Mais ce n'eft pas affez d'épouvanter la terre ;
Il eft d'autres devoirs que les foins de la guerre ;
Et c'eft par eux , grand roi, que ton peuple aujourd'hui
Trouve en toi fon vengeur, fon pere & fon appui.
Et vous , fage Warens , que ce héros protege,
En vain la colomnie en fecret vous affiege ,
Craignez peu fes effets , bravez fon vain courroux ,
La vertu vous défend , & c'eft affez pour vous :
Ce grand roi vous eftime , il connoit votre zele ,
Toujours à fa parole il fait être fidele ,
Et pour tout dire , enfin , garant de fes bontés ,
Votre cœur vous répond que vous les méritez.

On me connoit affez , & ma mufe févere
Ne fait point difpenfer un encens mercénaire ;
Jamais d'un vil flatteur le langage affecté
N'a fouillé dans mes vers l'augufte vérité.
Vous méprifez vous-même un éloge infipide ,
Vos finceres vertus n'ont point l'orgueil pour guide.
Avec vos ennemis convenons , s'il le faut ,
Que la fageffe en vous n'exclut point tout défaut.
Sur cette terre hélas ! telle eft notre mifere ,
Que la perfection n'eft qu'erreur & chimere !
Connoitre mes travers eft mon premier fouhait ,
Et je fais peu de cas de tout homme parfait.
La haine quelquefois donne un avis utile :
Blâmez cette bonté trop douce & trop facile ,
Qui fouvent à leurs yeux a caufé vos malheurs.
Reconnoiffez en vous les foibles des bons cœurs :
Mais fachez qu'en fecret l'éternelle fageffe
Hait leurs fauffes vertus plus que votre foibleffe ;

E 4

Et qu'il vaut mieux cent fois fe montrer à fes yeux
Imparfait, comme vous, que vertueux comme eux.

Vous donc, dès mon enfance attachée à m'inſtruire,
A travers ma miſere hélas! qui crutes lire
Que de quelques talens le ciel m'avoit pourvu,
Qui daignàtes former mon cœur à la vertu,
Vous, que j'oſe appeller du tendre nom de mere,
Acceptez aujourd'hui cet hommage fincere,
Le tribut légitime, & trop bien mérité,
Que ma reconnoiſſance offre à la vérité.
Oui, fi quelques douceurs affaiſonnent ma vie,
Si j'ai pu juſqu'ici me fouſtraire à l'envie, ;
Si le cœur plus fenfible, & l'eſprit moins groſſier,
Au deſſus du vulgaire on m'a vu m'élever,
Enfin, fi chaque jour je jouis de moi-même,
Tantôt en m'élançant juſqu'à l'Etre fuprême,
Tantôt en méditant dans un profond repos
Les erreurs des humains, & leurs biens & leurs maux:
Tantôt, philoſophant fur les loix naturelles,
J'entre dans le fecret des caufes éternelles,
Je cherche à pénétrer tous les reſſorts divers,
Les principes cachés qui meuvent l'univers;
Si, dis-je, en mon pouvoir j'ai tous ces avanſages,
Je le répete encor, ce font-là vos ouvrages,
Vertueuſe Warens, c'eſt de vous que je tiens
Le vrai bonheur de l'homme, & les folides biens.

Sans craintes, fans defirs, dans cette folitude,
Je laiſſe aller mes jours exemts d'inquiétude:

O que mon cœur touché ne peut-il à son gré
Peindre fur ce papier, dans un jufte degré,
Des plaifirs qu'il reffent la volupté parfaite.
Préfent dont je jouis, paffé que je regrette,
Tems précieux, hélas ! je ne vous perdrai plus
En bizarres projets, en foucis fuperflus.
Dans ce verger charmant j'en partage l'efpace.
Sous un ombrage frais tantôt je me délaffe ;
Tantôt avec Leibnitz, Mallebranche & Newton,
Je monte ma raifon fur un fublime ton,
J'examine les loix des corps & des penfées,
Avec Locke je fais l'hiftoire des idées :
Avec Képler, Wallis, Barrow, Rainaud, Pafcal,
Je devance Archimede, & je fuis l'Hôpital (*).
Tantôt à la phyfique appliquant mes problèmes,
Je me laiffe entrainer à l'efprit des fyftêmes :
Je tatonne Defcartes & fes égaremens,
Sublimes, il eft vrai, mais frivoles romans.
J'abandonne bientôt l'hypothefe infidele,
Content d'étudier l'hiftoire naturelle.
Là, Pline & Nieuventit, m'aidant de leur favoir,
M'apprennent à penfer, ouvrir les yeux & voir.
Quelquefois, defcendant de ces vaftes lumieres,
Des différens mortels je fuis les caracteres.
Quelquefois, m'amufant jufqu'à la fiction,
Télémaque & Séthos me donnent leur leçon,

(*) Le marquis de l'Hôpital, auteur de l'Analyfe des infi-
niments petits, & de plufieurs autres ouvrages de mathématique.

Ou bien dans Cléveland j'obferve la nature ,
Qui fe montre à mes yeux touchante & toujours pure.
Tantòt aufli de Spon parcourant les cahiers ,
De ma patrie en pleurs je relis les dangers.
Geneve , jadis fi fage , ô ma chere patrie !
Quel démon dans ton fein produit la frénéfie ?
Souviens-toi qu'autrefois tu donnas des héros ,
Dont le fang t'acheta les douceurs du repos !
Tranfportés aujourd'hui d'une foudaine rage ,
Aveugles citoyens , cherchez-vous l'efclavage ?
Trop tôt peut-être hélas ! pourrez-vous le trouver !
Mais , s'il eft encor tems , c'eft à vous d'y fonger.
Jouiffez des bienfaits que Louis vous accorde ,
Rappellez dans vos murs cette antique concorde.
Heureux ! fi , reprenant la foi de vos ayeux ,
Vous n'oubliez jamais d'être libres comme eux.
O vous tendre Racine , ô vous aimable Horace !
Dans mes loifirs aufli vous trouvez votre place :
Claville , S. Aubin , Plutarque , Mézerai ,
Defpréaux , Cicéron , Pope , Rollin , Barclai ,
Et vous, trop doux la Mothe , & toi , touchant Voltaire ,
Ta lecture à mon cœur reftera toujours chere ,
Mais mon goût fe refufe à tout frivole écrit ,
Dont l'auteur n'a pour but que d'amufer l'efprit.
Il a beau prodiguer la brillante antithefe ,
Semer par-tout des fleurs , chercher un tour qui plaife ,
Le cœur, plus que l'efprit, a chez moi des befoins ,
Et s'il n'eft attendri , rebute tous fes foins.

C'eſt ainſi que mes jours s'écoulent ſans alarmes.
Mes yeux ſur mes malheurs ne verſent point de larmes.
Si des pleurs quelquefois alterent mon repos ,
C'eſt pour d'autres ſujets que pour mes propres maux.
Vainement la douleur , les craintes , les miſeres ,
Veulent décourager la fin de ma carriere ;
D'Épictete aſſervi la ſtoïque fierté.
M'apprend à ſupporter les maux , la pauvreté ;
Je vois , ſans m'affliger , la langueur qui m'accable :
L'approche du trépas ne m'eſt point effroyable ;
Et le mal dont mon corps ſe ſent preſque abattu
N'eſt pour moi qu'un ſujet d'affermir ma vertu.

ÉPITRE

A M. DE BORDES.

Toi qu'aux jeux du Parnasse Apollon même guide,
Tu daignes exciter une muse timide ;
De mes foibles essais juge trop indulgent,
Ton goût à ta bonté cede en m'encourageant.
Mais hélas ! je n'ai point, pour tenter la carriere,
D'un athlete animé l'assurance guerriere,
Et, dès les premiers pas, inquiet & surpris,
L'haleine m'abandonne & je renonce au prix.
Bordes, daignes juger de toutes mes alarmes,
Vois quels sont les combats, & quelles sont les armes,
Ces lauriers sont bien doux, sans doute, à remporter ;
Mais quelle audace à moi d'oser les disputer !
Quoi ! j'irois, sur le ton de ma lyre critique,
Et prêchant durement de tristes vérités,
Révolter contre moi les lecteurs irrités.
Plus heureux, si tu veux, encor que téméraire,
Quand mes foibles talens trouveroient l'art de plaire,
Quand des sifflets publics, par bonheur préservés,
Mes vers des gens de goût pourroient être approuvés ;
Dis-moi, sur quel sujet s'exercera ma muse ?
Tout poëte est menteur, & le métier l'excuse ;
Il sait en mots pompeux faire d'un riche un fat,
D'un nouveau Mécénas un pilier de l'État.
Mais moi, qui connois peu les usages de France,

Moi, fier républicain que bleffe l'arrogance,
Du riche impertinent je dédaigne l'appui,
S'il le faut mendier en rampant devant lui ;
Et ne fais applaudir qu'à toi, qu'au vrai mérite.
La fotte vanité me révolte & m'irrite.
Le riche me méprife, & malgré fon orgueil,
Nous nous voyons fouvent à-peu-près de même œil.
Mais quelque haine en moi que le travers infpire,
Mon cœur fincere & franc abhorre la fatyre :
Trop découvert peut-être, & jamais criminel,
Je dis la vérité fans l'abreuver de fiel.

AINSI toujours ma plume, implacable ennemie
Et de la flatterie & de la calomnie,
Ne fait point en fes vers trahir la vérité,
Et toujours accordant un tribut mérité,
Toujours prête à donner des louanges acquifes,
Jamais d'un vil Créfus n'encenfa les fottifes.

O vous, qui dans le fein d'une humble obfcurité
Nourriffez les vertus avec la pauvreté,
Dont les defirs bornés dans la fage indigence
Méprifent fans orgueil une vaine abondance,
Reftes trop précieux de ces antiques tems,
Où des moindres apprêts nos ancêtres contens,
Recherchés dans leurs mœurs, fimples dans leur parure,
Ne fentoient de befoins que ceux de la nature ;
Illuftres malheureux, quels lieux habitez-vous ?
Dites, quels font vos noms ? Il me fera trop doux
D'exercer mes talens à chanter votre gloire,
A vous éternifer au temple de mémoire ;

Et quand mes foibles vers n'y pourroient arriver,
Ces noms fi refpectés fauront les conferver.

MAIS pourquoi m'occuper d'une vaine chimere :
Il n'eft plus de fageffe où regne la mifere :
Sous le poids de la faim le mérite abattu
Laiffe en un trifte cœur éteindre la vertu.
Tant de pompeux difcours fur l'heureufe indigence
M'ont bien l'air d'être nés du fein de l'abondance :
Philofophe commode, on a toujours grand foin
De prêcher des vertus dont on n'a pas befoin.

BORDES, cherchons ailleurs des fujets pour ma mufe,
De la pitié qu'il fait fouvent le pauvre abufe ;
Et décorant du nom de fainte charité
Les dons dont on nourrit fa vile oifiveté,
Sous l'afpect des vertus que l'infortune opprime,
Cache l'amour du vice & le penchant au crime.
J'honore le mérite aux rangs les plus abjets ;
Mais je trouve à louer peu de pareils fujets.

NON, célébrons plutôt l'innocente induftrie,
Qui fait multiplier les douceurs de la vie,
Et falutaire à tous dans fes utiles foins,
Par la route du luxe appaife les befoins.
C'eft par cet art charmant que fans ceffe enrichie
On voit briller au loin ton heureufe patrie (*).

OUVRAGES précieux, fuperbes ornemens,
On diroit que Minerve, en fes amufemens,
Avec l'or & la foie a d'une main favante

_____

(*) La ville de Lyon.

Formé de vos deffeins la tiffure élégante.
Turin, Londres en vain, pour vous le difputer
Par de jaloux efforts veulent vous imiter ;
Vos mélanges charmans, affortis par les graces,
Les laiffent de bien loin s'épuifer fur vos traces :
Le bon goût les dédaigne, & triomphe chez vous ;
Et tandis qu'entrainés par leur dépit jaloux,
Dans leurs ouvrages froids ils forcent la nature,
Votre vivacité, toujours brillante & pure,
Donne à ce qu'elle pare un œil plus délicat,
Et même à la beauté prête encor de l'éclat.

VILLE heureufe, qui fait l'ornement de la France,
Tréfor de l'univers, fource de l'abondance,
Lyon, féjour charmant des enfans de Plutus,
Dans tes tranquilles murs tous les arts font reçus :
D'un fage protecteur le goût les y raffemble :
Apollon & Plutus, étonnés d'être enfemble,
De leurs longs différens ont peine à revenir,
Et demandent quel Dieu les a pu réunir.
On reconnoit tes foins, Pallu (*) : tu nous ramenes
Les fiecles renommés & de Tyr & d'Athenes :
De mille éclats divers Lyon brille à la fois,
Et fon peuple opulent femble un peuple de rois.

TOI, digne citoyen de cette ville illuftre,
Tu peux contribuer à lui donner du luftre,
Par tes heureux talens tu peux la décorer,
Et c'eft lui faire un vol que de plus différer ?

_____

(*) Intendant de Lyon.

COMMENT ofes-tu bien me propofer d'écrire,
Toi, que Minerve même avoit pris foin d'inftruire.
Toi de fes dons divins poffeffeur négligent,
Qui vient parler pour elle encore en l'outrageant.
Ah! fi du feu divin qui brille en ton ouvrage
Une étincelle au moins eût été mon partage,
Ma mufe, quelque jour, attendriffant les cœurs,
Peut-être fur la fcene eût fait couler des pleurs.
Mais je te parle en vain ; infenfible à mes plaintes,
Par de cruels refus tu confirmes mes craintes,
Et je vois qu'impuiffante à fléchir tes rigueurs,
Blanche (*) n'a pas encore épuifé fes malheurs.

(*) Blanche de Bourbon, tragédie de M. de Bordes, qu'au grand regret de fes amis il refufe conftamment de mettre au théatre. *Note de l'auteur.*

ÉPITRE

ÉPITRE

A M. PARISOT,

Achevée le 10 *Juillet* 1742.

AMI, daignes fouffrir qu'à tes yeux aujourd'hui
Je dévoile ce cœur plein de trouble & d'ennui.
Toi qui connus jadis mon ame toute entiere,
Seul en qui je trouvois un ami tendre, un pere,
Rappelle encor, pour moi, tes premieres bontés,
Rends tes foins à mon cœur, il les a merités.

NE crois pas qu'alarmé par de frivoles craintes
De ton filence ici je te faffe des plaintes,
Que par de faux foupçons, indignes de tous deux,
Je puiffe t'accufer d'un mépris odieux :
Non, tu voudrois en vain t'obftiner à te taire,
Je fais trop expliquer ce langage fevere
Sur ces triftes projets que je t'ai dévoilés
Sans m'avoir répondu, ton filence a parlé.
Je ne m'excufe point, dès qu'un ami me blâme.
Le vil orgueil n'eft pas le vice de mon ame.
J'ai reçu quelquefois de folides avis,
Avec bonté donnés, avec zele fuivis :
J'ignore ces détours dont les vaines adreffes
En autant de vertus transforment nos foibleffes,
Et jamais mon efprit, fous de fauffes couleurs,
Ne fut à tes égards déguifer fes erreurs ;

F

Mais qu'il me foit permis, par un foin légitime ;
De conferver du moins des droits à ton eftime.
Pefe mes fentimens, mes raifons & mon choix,
Et décide mon fort pour la derniere fois.

Né dans l'obfcurité, j'ai fait dès mon enfance
Des caprices du fort la trifte expérience,
Et s'il eft quelque bien qu'il ne m'ait point ôté,
Même par fes faveurs il m'a perfécuté.
Il m'a fait naitre libre, hélas! pour quel ufage?
Qu'il m'a vendu bien cher un fi vain avantage!
Je fuis libre en effet : mais de ce bien cruel
J'ai reçu plus d'ennuis que d'un malheur réel.
Ah! s'il falloit un jour, abfent de ma patrie,
Traîner chez l'étranger ma languiffante vie,
S'il falloit baffement ramper auprès des grands :
Que n'en ai-je appris l'art dès mes plus jeunes ans!
Mais fur d'autres leçons on forma ma jeuneffe,
On me dit de remplir mes devoirs fans baffeffe,
De refpecter les grands, les magiftrats, les rois;
De chérir les humains & d'obéir aux loix:
Mais on m'apprit auffi qu'ayant par ma naiffance
Le droit de partager la fuprême puiffance,
Tout petit que j'étois, foible, obfcur citoyen,
Je faifois cependant membre du fouverain;
Qu'il falloit foutenir un fi noble avantage
Par le cœur d'un héros, par les vertus d'un fage;
Qu'enfin la liberté, ce cher préfent des cieux,
N'eft qu'un fléau fatal pour les cœurs vicieux.
Avec le lait, chez nous, on fuce ces maximes,

Moins pour s'enorgueillir de nos droits légitimes
Que pour savoir un jour se donner à la fois
Les meilleurs magistrats, & les plus sages loix.

VOIS-TU, me disoit-on, ces nations puissantes
Fournir rapidement leurs carrieres brillantes,
Tout ce vain appareil qui remplit l'univers
N'est qu'un frivole eclat qui leur cache leurs fers:
Par leur propre valeur ils forgent leurs entraves,
Ils font les conquerans, & font de vils esclaves:
Et leur vaste pouvoir, que l'art avoit produit,
Par le luxe bientôt se retrouve détruit.
Un soin bien different ici nous interesse,
Notre plus grande force est dans notre foiblesse.
Nous vivons sans regret dans l'humble obscurité;
Mais du moins dans nos murs on est en liberté.
Nous n'y connoissons point la superbe arrogance,
Nuls titres fastueux, nulle injuste puissance.
De sages magistrats, établis par nos voix,
Jugent nos différends, font observer nos loix.
L'art n'est point le soutien de notre république;
Etre juste est chez nous l'unique politique;
Tous les ordres divers, sans inégalité,
Gardent chacun le rang qui leur est affecté.
Nos chefs, nos magistrats, simples dans leur parure,
Sans étaler ici le luxe & la dorure,
Parmi nous cependant ne font point confondus,
Ils en font distingués; mais c'est par leurs vertus.

PUISSE durer toujours cette union charmante,
Hélas on voit si peu de probité constante!

Il n'eft rien que le tems ne corrompe à la fin ;
Tout, jufqu'à la fageffe, eft fujet au déclin.

PAR ces réflexions ma raifon exercée
M'apprit à méprifer cette pompe infenfée,
Par qui l'orgueil des grands brille de toutes parts,
Et du peuple imbécille attire les regards ;
Mais qu'il m'en coûta cher quand , pour toute ma vie,
La foi m'eut éloigné du fein de ma patrie ;
Quand je me vis enfin , fans appui, fans fecours,
A ces mêmes grandeurs contraint d'avoir recours.

NON, je ne puis penfer, fans répandre des larmes,
A ces momers affreux, pleins de trouble & d'alarmes,
Où j'éprouvai qu'enfin tous ces beaux fentimens,
Loin d'adoucir mon fort, irritoient mes tourmens.
Sans doute à tous les yeux la mifere eft horrible ;
Mais pour qui fait penfer elle eft bien plus fenfible.
A force de ramper un lâche en peut fortir ;
L'honnête homme à ce prix n'y fauroit confentir.

ENCOR, fi de vrais grands recevoient mon hommage ,
Ou qu'ils euffent du moins le mérite en partage,
Mon cœur par les refpects noblement accordés
Reconnoîtroit des dons qu'il n'a pas poffédés :
Mais faudra-t-il qu'ici mon humble obéïffance
De ces fiers campagnards nourriffe l'arrogance ?
Quoi ! de vils parchemins , par faveur obtenus ,
Leur donneront le droit de vivre fans vertus ,
Et malgré mes efforts , fans mes refpects ferviles,
Mon zele & mes talens refteront inutiles ?

Ah! de mes triftes jours voyons plutôt la fin
Que de jamais fubir un fi lâche deftin.

CES difcours infenfés troubloient ainfi mon ame;
Je les tenois alors, aujourd'hui je les blâme :
De plus fages leçons ont formé mon efprit ;
Mais de bien des malheurs ma raifon eft le fruit.

TU fais, cher Parifot, quelle main généreufe
Vint tarir de mes maux la fource malheureufe ;
Tu le fais, & tes yeux ont été les témoins,
Si mon cœur fait fentir ce qu'il doit à fes foins.
Mais mon zele enflammé peut-il jamais prétendre
De payer les bienfaits de cette mere tendre ?
Si par les fentimens on y peut afpirer,
Ah! du moins par les miens j'ai droit de l'efpérer.

JE puis compter pour peu fes bontés fecourables,
Je lui dois d'autres biens, des biens plus eftimables,
Les biens de la raifon, les fentimens du cœur;
Même, par les talens, quelques droits à l'honneur.
Avant que fa bonté, du fein de la mifere,
Aux plus triftes befoins eût daigné me fouftraire,
J'étois un vil enfant du fort abandonné,
Peut-être dans la fange à périr deftiné.
Orgueilleux avorton, dont la fierté burlefque
Méloit comiquement l'enfance au romanefque ,
Aux bons faifoit pitié, faifoit rire les foux,
Et des fots quelquefois excitoit le courroux.
Mais les hommes ne font que ce qu'on les fait être,
A peine à fes regards j'avois ofé paroître
Que de ma bienfaitrice apprenant mes erreurs,

Je fentis le befoin de corriger mes mœurs.
J'abjurai pour toujours ces maximes féroces,
Du préjugé natal fruits amers & précoces,
Qui dès les jeunes ans, par leurs âcres levains,
Nourriffent la fierté des cœurs républicains :
J'appris à refpecter une nobleffe illuftre,
Qui même à la vertu fait ajouter du luftre.
Il ne feroit pas bon dans la fociété
Qu'il fût entre les rangs moins d'inégalité.
Irai-je faire ici, dans ma vaine marotte,
Le grand déclamateur, le nouveau Don Quichotte,
Le deftin fur la terre a réglé les États,
Et pour moi fûrement ne les changera pas.
Ainfi de ma raifon fi long-tems languiffante
Je me formai dès-lors une raifon naiffante,
Par les foins d'une mere inceffamment conduit,
Bientôt de ces bontés je recueillis le fruit,
Je connus que, fur-tout, cette roideur fauvage
Dans le monde aujourd'hui feroit d'un trifte ufage,
La modeftie alors devint chere à mon cœur,
J'aimai l'humanité, je chéris la douceur,
Et refpectant des grands le rang & la naiffance,
Je fouffris leurs hauteurs, avec cette efpérance
Que malgré tout l'éclat dont ils font revêtus
Je les pourrai du moins égaler en vertus.
Enfin, pendant deux ans, au fein de ta patrie,
J'appris à cultiver les douceurs de la vie.
Du portique autrefois la trifte auftérité
A mon goût peu formé mêloit fa dureté ;
Épictète & Zénon, dans leur fierté ftoïque,

Me faifoient admirer ce courage héroïque,
Qui, faifant des faux biens un mépris généreux,
Par la feule vertu prétend nous rendre heureux.
Long-tems de cette erreur la brillante chimere
Séduifit mon efprit, roidit mon caractere ;
Mais, malgré tant d'efforts, ces vaines fictions
Ont-elles de mon cœur banni les paffions ?
Il n'eft permis qu'à Dieu, qu'à l'Effence fuprème,
D'être toujours heureux, & feule par foi-même,
Pour l'homme, tel qu'il eft, pour l'efprit & le cœur,
Otez les paffions, il n'eft plus de bonheur.
C'eft toi, cher Parifot, c'eft ton commerce aimable,
De groffier que j'étois, qui me rendit traitable.
Je reconnus alors combien il eft charmant
De joindre à la fageffe un peu d'amufement.
Des amis plus polis, un climat moins fauvage,
Des plaifirs innocens m'enfeignerent l'ufage,
Je vis avec tranfport ce fpectacle enchanteur,
Par la route des fens qui fait aller au cœur :
Le mien, qui jufqu'alors avoit été paifible,
Pour la premiere fois enfin devint fenfible,
L'amour, malgré mes foins, heureux à m'égarer,
Auprès de deux beaux yeux m'apprit à foupirer.
Bons mots, vers élégans, converfations vives,
Un repas égayé par d'aimables convives,
Petits jeux de commerce, & d'où le chagrin fuit,
Où, fans rifquer la bourfe, on délaffe l'efprit.
En un mot, les attraits d'une vie opulente,
Qu'aux vœux de l'étranger fa richeffe préfente.
Tous les plaifirs du goût, le charme des beaux arts,

F 4

A mes yeux enchantés brilloient de toutes parts.
Ce n'eft pas cependant que mon ame égarée
Donnât dans les travers d'une molleffe outrée ;
L'innocence eft le bien le plus cher à mon cœur ;
La débauche & l'excès font des objets d'horreur :
Les coupables plaifirs font les tourmens de l'ame,
Ils font trop achetés, s'ils font dignes de blâme.
Sans doute le plaifir, pour être un bien réel,
Doit rendre l'homme heureux, & non pas criminel :
Mais il n'eft pas moins vrai que de notre carriere
Le ciel ne défend pas d'adoucir la mifere :
Et pour finir ce point, trop long-tems débattu,
Rien ne doit être outré, pas même la vertu.

VOILA de mes erreurs un abrégé fidele :
C'eft à toi de juger, ami, fur ce modele,
Si je puis, près des grands implorant de l'appui,
A la fortune encor recourir aujourd'hui.
De la gloire eft-il tems de rechercher le luftre,
Me voici prefque au bout de mon fixieme luftre.
La moitié de mes jours dans l'oubli font paffés,
Et déja du travail mes efprits font laffés.
Avide de fcience, avide de fageffe,
Je n'ai point aux plaifirs prodigué ma jeuneffe ;
J'ofai d'un tems fi cher faire un meilleur emploi,
L'étude & la vertu furent la feule loi
Que je me propofai pour régler ma conduite :
Mais ce n'eft point par art qu'on acquiert du mérite,
Que fert un vain travail par le ciel dédaigné,
Si de fon but toujours on fe voit éloigné ?

Comptant, par mes talens , d'affurer ma fortune ,
Je négligeai ces foins , cette brigue importune ,
Ce manege fubtil, par qui cent ignorans
Ravissent la faveur & les bienfaits des grands.

LE fuccès cependant trompe ma confiance ,
De mes foibles progrès je fens peu d'efpérance ,
Et je vois qu'à juger par des effets fi lents ,
Pour briller dans le monde il faut d'autres talens.
Eh ! qu'y ferois-je , moi , de qui l'abord timide
Ne fait point affecter cette audace intrépide ,
Cet air content de foi , ce ton fier & joli
Qui du rang des badauts fauve l'homme poli ?
Faut-il donc aujourd'hui m'en aller dans le monde
Vanter impudemment ma fcience profonde ,
Et toujours en fecret démenti par mon cœur ,
Me prodiguer l'encens & les degrés d'honneur.
Faudra-t-il, d'un dévot affectant la grimace ,
Faire fervir le ciel à gagner une place ,
Et par l'hypocrifie affurant mes projets ,
Groffir l'heureux effaim de ces hommes parfaits ,
De ces humbles dévots , de qui la modeftie
Compte par leurs vertus tous les jours de leur vie ?
Pour glorifier Dieu leur bouche a tour-à-tour
Quelque nouvelle grace à rendre chaque jour ;
Mais l'orgueilleux en vain d'une adreffe chrétienne ,
Sous la gloire de Dieu veut étaler la fienne.
L'homme vraiment fenfé fait le mépris qu'il doit
Des menfonges du fat & du fot qui les croit.

NON , je ne puis forcer mon efprit, né fincere ,

A déguifer ainfi mon propre caractere,
Il en coûteroit trop de contrainte à mon cœur ;
A cet indigne prix je renonce au bonheur.
D'ailleurs il faudroit donc, fils lâche & mercénaire,
Trahir indignement les bontés d'une mere ;
Et payant en ingrat tant de bienfaits reçus,
Laiffer à d'autres mains les foins qui lui font dus?
Ah! ces foins font trop chers à ma reconnoiffance !
Si le ciel n'a rien mis de plus en ma puiffance,
Du moins d'un zele pur les vœux trop mérités
Par mon cœur chaque jour lui feront préfentés.
Je fais trop, il eft vrai, que ce zele inutile
Ne peut lui procurer un deftin plus tranquile ;
En vain, dans fa langueur, je veux la foulager,
Ce n'eft pas les guérir que de les partager.
Hélas ! de fes tourmens le fpectacle funefte
Bientôt de mon courage étouffera le refte :
C'eft trop lui voir porter, par d'éternels efforts,
Et les peines de l'ame & les douleurs du corps.
Que lui fert de chercher dans cette folitude
A fuir l'éclat du monde & fon inquiétude;
Si jufqu'en ce défert, à la paix deftiné,
Le fort lui donne encore, à lui nuire acharné,
D'un affreux procureur le voifinage horrible,
Nourri d'encre & de fiel, dont la griffe terrible
De fes triftes voifins eft plus crainte cent fois
Que le huffard cruel du pauvre Bavarois.

Mais c'eft trop t'accabler du récit de nos peines,
Daigne me pardonner, ami, ces plaintes vaines ;

C'eſt le dernier des biens permis aux malheureux,
De voir plaindre leurs maux par les cœurs génereux.
Telle eſt de mes malheurs la peinture naive.
Juge de l'avenir ſur cette perſpective,
Vois ſi je dois encor, par des ſoins impuiſſans,
Offrir à la fortune un inutile encens:
Non, la gloire n'eſt point l'idole de mon ame;
Je n'y ſens point bruler cette divine flamme
Qui d'un génie heureux animant les reſſorts
Le force à s'elever par de nobles efforts.
Que m'importe, après tout, ce que penſent les hommes?
Leurs honneurs, leurs mépris, font-ils ce que nous ſommes:
Et qui ne fait pas l'art de s'en faire admirer
A la félicité ne peut-il aſpirer?
L'ardente ambition a l'éclat en partage;
Mais les plaiſirs du cœur font le bonheur du ſage:
Que ces plaiſirs ſont doux à qui fait les goûter!
Heureux qui les connoit, & ſait s'en contenter!
Jouir de leurs douceurs dans un état paiſible,
C'eſt le plus cher deſir auquel je ſuis ſenſible.
Un bon livre, un ami, la liberté, la paix,
Faut-il pour vivre heureux former d'autres ſouhaits?
Les grandes paſſions ſont des ſources de peines:
J'évite les dangers où leur penchant entraine:
Dans leurs pieges adroits ſi l'on me voit tomber,
Du moins je ne fais pas gloire d'y ſuccomber.
De mes égaremens mon cœur n'eſt point complice;
Sans être vertueux je déteſte le vice,
Et le bonheur en vain s'obſtine à ſe cacher,
Puiſqu'enfin je connois où je dois le chercher.

ENIGME.

Enfant de l'art, enfant de la nature,
Sans prolonger les jours j'empêche de mourir;
   Plus je fuis vrai, plus je fais d'impoſture,
Et je deviens trop jeune à force de vieillir.

A MADAME
LA BARONNE DE WARENS,
VIRELAI.

Madame, apprenez la nouvelle
De la prife de quatre rats;
Quatre rats n'eft pas bagatelle,
Auffi n'en badiné-je pas :
Et je vous mande avec grand zele
Ces vers qui vous diront tout bas ,
Madame, apprenez la nouvelle
De la prife de quatre rats.

A l'odeur d'un friand appas ,
Rats font fortis de leur cafelle;
Mais ma trappe arrêtant leurs pas,
Les a, par une mort cruelle,
Fait paffer de vie à trépas.
Madame , apprenez la nouvelle
De la mort de quatre rats.

Mieux que moi favez qu'ici-bas
N'a pas qui veut fortune telle ;
C'eft triomphe qu'un pareil cas.
Le fait n'eft pas d'une allumelle ;
Ainfi donc avec grand foulas,
Madame, apprenez la nouvelle
De la prife de quatre rats.

VERS

Pour madame de FLEURIEU, *qui, m'ayant vu
dans une affemblée, fans que j'euffe l'honneur d'être
connu d'elle, dit à M. l'Intendant de Lyon que je
paroiffois avoir de l'efprit, & qu'elle le gageroit fur
ma feule phyfionomie.*

Déplacé par le fort, trahi par la tendreffe,
Mes maux font comptés par mes jours.
Imprudent quelquefois, perfécuté toujours ;
Souvent le châtiment furpaffe la foibleffe.
O fortune ! à ton gré comble-moi de rigueurs,
Mon cœur regrette peu tes frivoles grandeurs,
De tes biens inconftans fans peine il te tient quitte ;
Un feul dont je jouis ne dépend point de toi :
La divine FLEURIEU m'a jugé du mérite,
Ma gloire eft affurée, & c'eft affez pour moi.

V E R S

A mademoiselle Th. qui ne parloit jamais à l'auteur que de musique.

Sapho, j'entends ta voix brillante
Pousser des sons jusques aux cieux,
Ton chant nous ravit, nous enchante,
Le maure ne chante pas mieux.
Mais quoi ! toujours des chants ! crois-tu que l'harmonie
Seule ait droit de borner tes soins & tes plaisirs ;
Ta voix, en déployant sa douceur infinie,
Veut en vain sur ta bouche arrêter nos desirs :
Tes yeux charmans en inspirent mille autres,
Qui meritoient bien mieux d'occuper tes loisirs ;
Mais tu n'es point, dis-tu, sensible à nos soupirs,
Et tes goûts ne sont point les nôtres.
Quel goût trouves-tu donc à de frivoles sons ?
Ah ! sans tes fiers mépris, sans tes rebuts sauvages,
Cette bouche charmante auroit d'autres usages,
Bien plus délicieux que de vaines chansons.
Trop sensible au plaisir, quoique tu puisses dire,
Parmi de froids accords tu sens peu de douceur,
Mais entre tous les biens que ton ame desire,
En est-il de plus doux que les plaisirs du cœur ?

Le mien eſt délicat, tendre, empreſſé, fidele,
Fait pour aimer juſqu'au tombeau.
Si du parfait bonheur tu cherches le modele,
Aimes-moi ſeulement & laiſſe-là Rameau.

MÉMOIRE

MÉMOIRE

A SON EXCELLENCE,

MONSEIGNEUR LE GOUVERNEUR.

J'Ai l'honneur d'expofer très-refpectueufement à Son Excellence, le trifte détail de la fituation où je me trouve, la fuppliant de daigner écouter la générofité de fes pieux fentimens, pour y pourvoir de la maniere qu'elle jugera convenable.

Je fuis forti très jeune de Geneve, ma patrie, ayant abandonné mes droits, pour entrer dans le fein de l'églife, fans avoir cependant jamais fait aucune démarche, jufqu'aujourd'hui, pour implorer des fecours, dont j'aurois toujours tâché de me paffer, s'il n'avoit plu à la Providence de m'affliger par des maux qui m'en ont ôté le pouvoir. J'ai toujours eu du mépris, & même de l'indignation pour ceux qui ne rougiffent point de faire un trafic honteux de leur foi, & d'abufer des bienfaits qu'on leur accorde. J'ofe dire qu'il a paru par ma conduite, que je fuis bien éloigné de pareils fentimens. Tombé, encore enfant, entre

G

les mains de feu monfeigneur l'évêque de Geneve,
je tâchai de répondre, par l'ardeur & l'affiduité
de mes études, aux vues flatteufes que ce refpec-
table prélat avoit fur moi. Madame la baronne de
Warens voulut bien condefcendre à la priere
qu'il lui fit de prendre foin de mon éducation, &
il ne dépendit pas de moi de témoigner à cette
dame, par mes progrès, le defir paffionné que
j'avois, de la rendre fatisfaite de l'effet de fes bontés & de fes foins.

Ce grand évêque ne borna pas là fes bontés,
il me recommanda encore à Mr. le marquis de
Bonac, ambaffadeur de France, auprès du Corps
Helvétique. Voilà les trois feuls protecteurs, à
qui j'aie eu obligation du moindre fecours; il eft
vrai qu'ils m'ont tenu lieu de tout autre, par la
maniere dont ils ont daigné me faire éprouver
leur générofité. Ils ont envifagé en moi un jeune
homme affez bien né, rempli d'émulation, &
qu'ils entrevoyoient pourvu de quelques talens,
& qu'ils fe propofoient de poufler. Il me feroit
glorieux de détailler à Son Excellence ce que ces
deux feigneurs avoient eu la bonté de concerter
pour mon établiffement; mais la mort de monfeigneur l'évêque de Geneve, & la maladie mortelle

de Mr. l'ambaſſadeur, ont été la fatale époque du
commencement de tous mes déſaſtres.

Je commençai auſſi moi-même, d'etre attaqué
de la langueur qui me met aujourd'hui au tombeau.
Je retombai par conſéquent à la charge de madame
de Warens, qu'il faudroit ne pas connoitre pour
croire qu'elle eût pu démentir ſes premiers bienfaits, en m'abandonnant dans une ſi triſte ſituation.

Malgré tout, je tâchai, tant qu'il me reſta quelques forces, de tirer parti de mes foibles talens;
mais de quoi ſervent les talens dans ce pays ? Je
le dis dans l'amertume de mon cœur, il vaudroit
mille fois mieux n'en avoir aucun. Eh ! n'éprouvé-
je pas encore aujourd'hui le retour plein d'ingratitude & de dureté de gens, pour leſquels j'ai ache-
vé de m'épuiſer, en leur enſeignant, avec beaucoup d'aſſiduité & d'application, ce qui m'avoit
coûté bien des ſoins & des travaux à apprendre.
Enfin, pour comble de diſgraces, me voilà tombé
dans une maladie affreuſe, qui me défigure. Je
ſuis déſormais renfermé, ſans pouvoir preſque
ſortir du lit & de la chambre, juſqu'à ce qu'il
plaiſe à Dieu de diſpoſer de ma courte, mais miſé-
rable vie.

Ma douleur eſt de voir que madame de Warens
a déja trop fait pour moi; je la trouve, pour le

refte de mes jours, accablée du fardeau de mes infirmités, dont fon extrême bonté ne lui laiffe pas
fentir le poids; mais qui n'incommode pas moins
fes affaires, déja trop refferrées, par fes abon-
dantes charités, & par l'abus que des miférables
n'ont que trop fouvent fait de fa confiance.

J'ofe donc, fur le détail de tous ces faits, recourir à Son Excellence comme au pere des affli-
gés. Je ne diffimulerai point qu'il eft dur à un
homme de fentimens, & qui penfe comme je
fais, d'être obligé, faute d'autre moyen, d'implorer des affiftances & des fecours : mais tel eft le
décret de la Providence. Il me fuffit, en mon particulier, d'être bien affuré que je n'ai donné, par
ma faute, aucun lieu, ni à la mifere, ni aux maux
dont je fuis accablé. J'ai toujours abhorré le liber-
tinage & l'oifiveté, & tel que je fuis, j'ofe être
affuré que perfonne, de qui j'aie l'honneur d'être
connu, n'aura fur ma conduite, mes fentimens
& mes mœurs, que de favorables témoignages
à rendre.

Dans un état donc auffi déplorable que le mien,
& fur lequel je n'ai nul reproche à me faire, je
crois qu'il n'eft pas honteux à moi d'implorer de
Son Excellence la grace d'être admis à participer
aux bienfaits établis, par la piété des princes,

pour de pareils ufages. Ils font deftinés , pour des cas femblables aux miens, ou ne le font pour perfonne.

En conféquence de cet expofé, je fupplie très-humblement Son Excellence de vouloir me pro-curer une penfion , telle qu'elle jugera raifonna-ble, fur la fondation que la piété du roi Victor a établie à Annecy, ou de tel autre endroit qu'il lui femblera bon , pour pouvoir furvenir aux nécef-fités du refte de ma trifte carriere.

De plus l'impoffiblité, où je me trouve de faire des voyages , & de traiter aucune affaire civile, m'engage à fupplier encore Son Excellence , qu'il lui plaife de faire régler la chofe de maniere que ladite penfion puiffe être payée ici en droiture , & remife entre mes mains , ou celles de madame la baronne de Warens, qui voudra bien , à ma très-humble follicitation, fe charger de l'employer à mes befoins. Ainfi, jouiffant pour le peu de jours qu'il me refte, des fecours néceffaires , pour le temporel, je recueillrai mon efprit, & mes for-ces, pour mettre mon ame & ma confcience en paix avec Dieu ; pour me préparer à commencer , avec courage & réfignation , le voyage de l'éternité,

& pour prier Dieu fincérement & fans diftraction, pour la parfaite profpérité & la très-précieufe con- fervation de Son Excellence.

J. J. ROUSSEAU.

MÉMOIRE

Remis le 19 *avril* 1742 , *à Mr. Boudet Antonin, qui travaille à l'hiftoire de feu Mr. de Bernex, Evéque de Geneve.*

Dans l'intention où l'on eft , de n'omettre dans l'hiftoire de Mr. de Bernex, aucun des faits con- fidérables qui peuvent fervir à mettre fes vertus chrétiennes dans tout leur jour, on ne fauroit oublier la converfion de madame la baronne de Warens de la Tour , qui fut l'ouvrage de ce prélat.

Au mois de juillet de l'année 1726 , le roi de Sardaigne étant à Evian , plufieurs perfonnes de diftinction du pays de Vaud s'y rendirent pour voir la cour. Madame de Warens fut du nombre; & cette dame , qu'un pur motif de curiofité avoit

amenée, fut retenue par des motifs d'un genre
fupérieur, & qui n'en furent pas moins efficaces,
pour avoir été moins prévus. Ayant affifté par
hafard à un des difcours que ce prélat prononçoit,
avec ce zele & cette onction qui portoient dans les
cœurs le feu de fa charité, madame de Warens
en fut émue au point, qu'on peut regarder cet
inftant comme l'époque de fa converfion; la chofe
cependant devoit paroître d'autant plus difficile,
que cette dame étant très-éclairée, fe tenoit en
garde contre les féductions de l'éloquence, & n'é-
toit pas difpofée à céder, fans être pleinement
convaincue : mais quand on a l'efprit jufte & le
cœur droit, que peut-il manquer pour goûter la
vérité que le fecours de la grace ? Et Mr. de Bernex
n'étoit-il pas accoutumé à la porter dans les cœurs
les plus endurcis ? Madame de Warens vit le prélat; fes préjugés furent détruits; fes doutes furent diffipés; & pénétrée des grandes vérités qui
lui étoient annoncées, elle fe détermina à rendre
à la foi par un facrifice éclatant, le prix des lumieres dont elle venoit de l'éclairer.

Le bruit du deffein de madame de Warens ne
tarda pas à fe répandre dans le pays de Vaud:
ce fut un deuil & des alarmes univerfelles: cette
Dame y étoit adorée, & l'amour qu'on avoit pour

elle fe changea en fureur, contre ce qu'on appelloit fes féducteurs & fes ravilleurs. Les habitans
de Vevey ne parloient pas moins que de mettre
le feu à Evian, & de l'enlever à main armée au
milieu même de la cour. Ce projet infenfé, fruit
ordinaire d'un zele fanatique, parvint aux oreil-
les de fa majefté, & ce fut à cette occafion qu'elle
fit à Mr. de Bernex cette efpece de reproche fi
glorieux, qu'il faifoit des converfions bien bruyan-
tes. Le Roi fit partir fur le champ madame de
Warens pour Annecy, efcortée de quarante de
fes gardes. Ce fut-là, où quelque tems après fa
majefté l'affura de fa protection dans les termes
les plus flatteurs, & lui affigna une penfion, qui
doit paffer pour une preuve éclatante de la piété
& de la générofité de ce prince; mais qui n'ôte
point, à madame de Warens, le mérite d'avoir
abandonné de grands biens & un rang brillant
dans fa patrie, pour fuivre la voix du feigneur,
& fe livrer fans réferve à fa Providence. Il eut
même la bonté de lui offrir d'augmenter cette penfion, de forte qu'elle pût figurer avec tout l'éclat
qu'elle fouhaiteroit, & de lui procurer la fituation
la plus gracieufe, fi elle vouloit fe rendre à Turin, auprès de la reine. Mais madame de Warens n'abufa point des bontés du monarque, elle

alloit acquérir les plus grands biens, en partici-
pant à ceux que l'églife répand fur les fidèles; &
l'éclat des autres n'avoit déformais plus rien qui
pût la toucher. C'eft ainfi qu'elle s'en explique à
Mr. de Bernex : & c'eft fur ces maximes de détachement & de modération, qu'on l'a vue fe conduire
conftamment depuis lors.

Enfin le jour arriva, où Mr. de Bernex alloit
affurer à l'églife la conquête qu'il lui avoit acqui-
fe : il reçut publiquement l'abjuration de madame
de Warens, & lui adminiftra le facrement de
confirmation le 8 feptembre 1726, jour de la na-
tivité de Notre Dame dans l'églife de la vifitation,
devant la relique de Saint François de Sales. Cette
dame eut l'honneur d'avoir pour maraine, dans
cette cérémonie, madame la princeffe de Heffe,
fœur de la princeffe de Piémont, depuis reine
de Sardaigne. Ce fut un fpectacle touchant de voir
une jeune dame d'une naiffance illuftre, favorifée
des graces de la nature, & enrichie des biens de
la fortune, & qui, peu de temps auparavant, faifoit les délices de fa patrie, s'arracher du fein de
l'abondance & des plaifirs, pour venir dépofer au
pied de la croix de Chrift, l'éclat & les voluptés
du monde, & y renoncer pour jamais. Mr. de
Bernex fit à ce fujet un difcours très-touchant &

très-pathétique : l'ardeur de son zele lui prêta ce
jour-là de nouvelles forces ; toute cette nombreuse
affemblée fondit en larmes, & les dames, baignées
de pleurs, vinrent embraffer madame de Warens,
la féliciter, & rendre graces à Dieu avec elle de
la victoire qu'il lui faifoit remporter. Au refte, on
a cherché inutilement, parmi tous les papiers de
feu Mr. de Bernex, le difcours qu'il prononça en
cette occafion, & qui, au témoignage de tous
ceux qui l'entendirent, eft un chef-d'œuvre d'éloquence : & il y a lieu de croire, que, quelque beau
qu'il foit, il a été compofé fur le champ, & fans
préparation.

Depuis ce jour-là Mr. de Bernex n'appella plus
madame de Warens que fa fille, & elle l'appelloit
fon pere. Il a en effet toujours confervé pour elle
les bontés d'un pere ; & il ne faut pas s'étonner
qu'il regardât, avec une forte de complaifance,
l'ouvrage de fes foins apoftoliques, puifque cette
dame s'eft toujours efforcée de fuivre, d'auffi près
qu'il lui a été poffible, les faints exemples de ce
prélat, foit dans fon détachement des chofes
mondaines, foit dans fon extrême charité envers
les pauvres ; deux vertus qui définiffent parfaitement le caractere de madame de Warens.

Le fait fuivant peut entrer auffi parmi les preu-

ves, qui conftatent les actions miraculeufes de Mr.
de Bernex.

Au mois de feptembre 1729, madame de Warens, demeurant dans la maifon de Mr. de Boige,
le feu prit au four des cordeliers, qui donnoit dans
la cour de cette maifon, avec une telle violence,
que ce four, qui contenoit un bàtiment aſſez
grand, entiérement plein de fafcines & de bois
fec, fut bientôt embrafé. Le feu, porté par un
vent impétueux s'attacha au toit de la maifon, &
pénétra même par les fenètres dans les appartemens : madame de Warens donna auffi-tôt fes
ordres, pour arrèter les progrès du feu, & pour
faire tranfporter fes meubles dans fon jardin. Elle
étoit occupée à ces foins, quand elle apprit que
Mr. l'évèque étoit accouru au bruit du danger
qui la menaçoit, & qu'il alloit paroitre à l'inftant;
elle fut au devant de lui. Ils entrerent enfemble
dans le jardin, il fe mit à genoux, ainfi que tous
ceux qui étoient préfens, du nombre defquels
j'étois, & commença à prononcer des oraifons,
avec cette ferveur qui étoit inféparable de fes
prieres. L'effet en fut fenfible; le vent qui portoit
les flammes par deſſus la maifon, jufques près du
jardin, changea tout à-coup, & les éloigna fi
bien, que le four, quoique contigu, fut entiére-

ment confumé, fans que la maifon eût d'autre mal
que le dommage qu'elle avoit reçu auparavant.
C'eft un fait connu de tout Annecy, & que moi,
écrivain du préfent mémoire, ai vu de mes propres yeux.

Mr. de Bernex a continué conftamment à prendre
le même intérêt, dans tout ce qui regardoit madame de Warens ; il fit faire le portrait de cette
dame, difant qu'il fouhaitoit qu'il reftát dans fa
famille, comme un monument honorable d'un de
fes plus heureux travaux. Enfin, quoiqu'elle fût
éloignée de lui, il lui a donné, peu de tems
avant que de mourir, des marques de fon fouvenir, & en a même laiffé dans fon teftament. Après
la mort de ce prélat, madame de Warens s'eft
entiérement confacrée à la folitude & à la retraite,
difant qu'après avoir perdu fon pere, rien ne l'at-
tachoit plus au monde.

LETTRES

DE

M. J. J. ROUSSEAU.

LETTRE PREMIERE.

A MADAME LA BARONNE DE WARENS, DE CHAMBERY.

A Befançon, le 29 Juin 1732.

MADAME,

J'Ai l'honneur de vous écrire, dès le lendemain de mon arrivée à Befançon, j'y ai trouvé bien des nouvelles, auxquelles je ne m'étois pas attendu, & qui m'ont fait plaifir en quelque façon. Je fuis allé ce matin faire ma révérence à Mr. l'abbé Blanchard, qui nous a donné à diner, à Mr. le comte de Saint-Rieux & à moi. Il m'a dit qu'il partiroit dans un mois pour Paris, où il va remplir le quartier de Mr. Campra qui eft malade, & comme il eft fort âgé, Mr. Blanchard fe flatte de lui fuccéder en la charge d'intendant, premier maître de quartier de la mufique de la chambre du roi, & confeiller de fa majefté en fes confeils; il m'a donné fa parole d'honneur, qu'au cas que ce projet lui réuffiffe, il me procurera un appointement dans la chapelle, ou dans la chambre du

roi, au bout du terme de deux ans le plus tard.
Ce font-là des poftes brillans & lucratifs, qu'on
ne peut aflez ménager : auffi l'ai-je très-fort
remercié, avec affurance que je n'épargnerai rien
pour m'avancer de plus en plus dans la compofi-
tion, pour laquelle il m'a trouvé un talent mer-
veilleux. Je lui rends à fouper ce foir, avec deux
ou trois officiers du régiment du roi, avec qui
j'ai fait connoiffance au concert. Mr. l'abbé Blanchard m'a prié d'y chanter un récit de baffe-taille,
que ces meffieurs ont eu la complaifance d'applaudir ; auffi bien qu'un duo de Pyrame & Thif-
bé, que j'ai chanté avec Mr. Duroncel, fameux
haute-contre de l'ancien opéra de Lyon : c'eft beaucoup faire pour un lendemain d'arrivée.

J'ai donc réfolu de retourner dans quelques jours
à Chambéry, où je m'amuferai à enfeigner pendant le terme de deux années ; ce qui m'aidera
toujours à me fortifier, ne voulant pas m'arrêter
ici, ni y paffer pour un fimple muficien, ce qui
me feroit quelque jour un tort confidérable. Ayez
la bonté de m'écrire, madame, fi j'y ferai reçu
avec plaifir, & fi l'on m'y donnera des écoliers ;
je me fuis fourni de quantité de papiers & de
pieces nouvelles d'un goût charmant, & qui fûrement

ment ne font pas connus à Chambéry; mais je
vous avoue que je ne me foucie guères de partir
que je ne fache au vrai, fi l'on fe réjouira de
m'avoir. J'ai trop de délicateffe pour y aller autrement. Ce feroit un tréfor, & en même tems un
miracle, de voir un bon muficien en Savoye; je
n'ofe, ni ne puis me flatter d'être de ce nombre;
mais en ce cas, je me vante toujours de produire
en autrui, ce que je ne fuis pas moi-même. D'ailleurs tous ceux qui fe ferviront de mes principes
auront lieu de s'en louer, & vous en particulier,
madame, fi vous voulez bien encore prendre la
peine de les pratiquer quelquefois. Faites-moi
l'honneur de me répondre par le premier ordinaire,
& au cas que vous voyez qu'il n'y ait pas de *débou-
ché* pour moi à Chambéry, vous aurez, s'il vous
plait, la bonté de me le marquer: & comme il
me refte encore deux partis à choifir, je prendrai
la liberté de confulter le fecours de vos fages avis,
fur l'option d'aller à Paris, en droiture avec l'abbé
Blanchard, ou à Soleurre, auprès de Mr. l'ambaffadeur. Cependant comme ce font là de ces coups de
partie qu'il n'eft pas bon de précipiter, je ferai bien
aife de ne rien preffer encore.

Tout bien examiné, je ne me repens point
d'avoir fait ce petit voyage, qui pourra dans la

H

fuite m'être d'une grande utilité. J'attends, mada-me, avec foumiffion l'honneur de vos ordres, & fuis avec une refpectueufe confidération,

MADAME,

ROUSSEAU.

LETTRE I I.

A LA MEME.

Grenoble, **13** *Septembre* **1737.**

MADAME,

JE fuis ici depuis deux jours: on ne peut être plus fatisfait d'une ville, que je le fuis de celle-ci. On m'y a marqué tant d'amitiés & d'empreffe-mens que je croyois, en fortant de Chambéry, me trouver dans un nouveau monde. Hier, Mr. Micoud me donna à diner avec plufieurs de fes amis, & le foir après la comédie, j'allai fouper avec le bon homme Lagere.

Je n'ai vu ni madame la préfidente, ni madame

d'Eybens, ni Mr. le préſident de Tancin, ce ſei-
gneur eſt en campagne. Je n'ai pas laiſſé de remettre la lettre à ſes gens. Pour madame de Bardo-
nanche, je me ſuis préſenté pluſieurs fois, ſans
pouvoir lui faire la révérence ; j'ai fait remettre
la lettre & j'y dois diner ce matin, où j'appren-
drai des nouvelles de madame d'Eybens.

Il faut parler de M. de l'Orme. J'ai eu l'honneur, madame, de lui remettre votre lettre en main
propre. Ce monſieur s'excuſant ſur l'abſence de
M. l'évèque m'offrit un écu de ſix francs. Je
l'acceptai, par timidité; mais je crus devoir en
faire préſent au portier. Je ne ſais ſi j'ai bien fait:
mais il faudra que mon ame change de moule,
avant que de me réſoudre à faire autrement. J'oſe
croire que la vôtre ne m'en démentira pas.

J'ai eu le bonheur de trouver, pour Montpellier, en droiture, une chaiſe de retour, j'en profiterai. Le marché s'eſt fait par l'entremiſe d'un
ami, & il ne m'en coûte pour la voiture, qu'un
louis de 24 francs : je partirai demain matin. Je
ſuis mortifié, madame, que ce ſoit ſans recevoir
ici de vos nouvelles : mais ce n'eſt pas une occaſion à négliger.

Si vous avez, madame, des lettres à m'envoyer,
je crois qu'on pourroit les faire tenir ici à Mr.

H 2

Micoud, qui les feroit partir enfuite pour Montpellier, à l'adreſſe de Mr. Lazerme. Vous pouvez
auſſi les renvoyer de Chambéry en droiture ,
ayez la bonté de voir ce qui convient le mieux;
pour moi je n'en fais rien du tout.

Il me fâche extrêmement d'avoir été contraint
de partir, ſans faire la révérence à Mr. le marquis
d'Antremont, & lui préſenter mes très-humbles
actions de graces; oſerois-je, madame, vous prier
de vouloir ſuppléer à cela?

Comme je compte de pouvoir être à Montpellier mercredi au ſoir le 18 du courant, je pour-
rois donc, madame, recevoir de vos précieuſes nouvelles dans le cours de la ſemaine prochaine, ſi
vous preniez la peine d'écrire dimanche ou lundi
matin. Vous m'accorderez , s'il vous plaît , la
faveur de croire que mon empreſſement juſqu'à
ce tems-là ira juſqu'à l'inquiétude.

Permettez encore, madame, que je prenne la
liberté de vous recommander le ſoin de votre
ſanté. N'êtes-vous pas ma chere maman, n'ai-je
pas droit d'y prendre le plus vif intérêt, & n'avez-
vous pas beſoin qu'on vous excite à tout moment
à y donner plus d'attention.

La mienne fut fort dérangée hier au ſpectacle.
On repréſenta Alzire, mal à la vérité; mais je

ne laiffai pas d'y ètre ému, jufqu'a perdre la ref-
piration ; mes palpitations augmentèrent étonnamment,
& je crains de m'en fentir quelque tems.

Pourquoi, madame, y a-t-il des cœurs fi fenfibles au grand, au fublime, au pathétique, pendant que d'autres ne femblent faits que pour
ramper dans la baffeffe de leurs fentimens ? la fortune femble faire à tout cela une efpece de com-
penfation ; à force d'élever ceux-ci, elle cherche
à les mettre de niveau avec la grandeur des autres :
y réuffit-elle ou non ? Le public & vous, madame, ne ferez pas de même avis. Cet accident m'a
forcé de renoncer déformais au tragique, jufqu'au
rétabliffement de ma fanté. Me voilà privé d'un
plaifir qui m'a bien coûté des larmes en ma vie.
J'ai l'honneur d'être avec un profond refpect,

M A D A M E,

ROUSSEAU.

L E T T R E I I I.

A L A M E M E.

Montpellier , **23** *Octobre* 1737.

MADAME,

JE ne me fers point de la voie indiquée de Mr.
Barillot, parce que c'eft faire le tour de l'école,
Vos lettres & les miennes paffant toutes par Lyon,
il faudroit avoir une adreffe à Lyon.

Voici un mois paffé de mon arrivée à Montpellier, fans avoir pu recevoir aucune nouvelle
de votre part, quoique j'aie écrit plufieurs fois
& par différentes voies. Vous pouvez croire que
je ne fuis pas fort tranquille, & que ma fituation
n'eft pas des plus gracieufes ; je vous protefte
cependant, madame, avec la plus parfaite fin-
cérité, que ma plus grande inquiétude vient de
la crainte, qu'il ne vous foit arrivé quelque acci-
d nt. Je vous écris cet ordinaire-ci, par trois différentes voies, favoir, par Mrs. Vépres, Mr.
Micoud & en droiture ; il eft impoffible, qu'une
de ces trois lettres ne vous parvienne ; ainfi, j'en

attends la réponfe dans trois femaines au plus
tard; paſſé ce tems-là, ſi je n'ai point de nouvelles, je ſerai contraint de partir dans le dernier
déſordre, & de me rendre à Chambéry comme
je pourrai. Ce ſoir la poſte doit arriver, & il ſe
peut qu'il y aura quelque lettre pour moi; peut-
être n'avez-vous pas fait mettre les vôtres à la
poſte les jours qu'il falloit; car j'aurois réponfe
depuis quinze jours, ſi les lettres avoient fait
chemin dans leur tems. Vos lettres doivent paſſer
par Lyon pour venir ici; ainſi c'eſt les mercredis
& ſamedis de bon matin qu'elles doivent être mi-
ſes à la poſte; je vous avois donné précédemment
l'adreſſe de ma penſion: il vaudroit peut-êrre mieux
les adreſſer en droiture où je ſuis logé, parce que
je ſuis ſûr de les y recevoir exactement. C'eſt
chez Mr. Barcellon, huiſſier de la bourſe, en rue
baſſe, proche du Palais. J'ai l'honneur d'être avec
un profond reſpect,

M A D A M E ,

ROUSSEAU.

Si vous avez quelque chofe à m'envoyer par la voie des marchands de Lyon, & que vous écriviez, par exemple, à Mrs. Vépres par le même ordinaire qu'à moi, je dois, s'ils font exacts, recevoir leur lettre en mème-tems que la vôtre.

J'allois fermer ma lettre, quand j'ai reçu la vôtre, madame, du 12 du courant. Je crois n'avoir pas mérité les reproches que vous m'y faites fur mon peu d'exactitude. Depuis mon départ de Chambéry, je n'ai point paffé de femaine fans vous écrire. Du refte, je me rends juftice; & quoique peut-être il dût me paroître un peu dur que la premiere lettre, que j'ai l'honneur de recevoir de vous, ne foit pleine que de reproches, je conviens que je les mérite tous. Que voulez-vous, madame, que je vous dife; quand j'agis, je crois faire les plus belles chofes du monde, & puis il fe trouve au bout que ce ne font que fottifes : je le reconnois parfaitement bien moi-mème. Il faudra tâcher de fe roidir contre fa bêtife à l'avenir, & faire plus d'attention fur fa conduite. C'eft ce que je vous promets avec une forte envie de l'exécuter. Après cela fi quelque retour d'amour propre vouloit encore m'engager à tenter quelque voie de juftification, je réferve à traiter cela de bouche avec vous, madame, non pas, s'il vous plaît, à la Saint Jean, mais à la fin du mois de janvier ou au commencement du suivant.

Quant à la lettre de Mr. Arnauld, vous savez, madame, mieux que moi-même, ce qui me convient en fait de recommandation. Je vois bien que vous vous imaginez, que parce que je suis à Montpellier, je puis voir les chofes de plus près & juger de ce qu'il y a à faire; mais, madame, je vous prie d'être bien perfuadé que, hors ma penfion & l'hôte de ma chambre, il m'eft impoffible de faire aucune liaifon, ni de connoitre le terrein, le moins du monde à Montpellier, jufqu'à ce qu'on m'ait procuré quelque arme pour forcer les barricades, que l'humeur inacceffible des particuliers & de toute la nation en général, met à l'entrée de leurs maifons. Oh qu'on a une idée bien fauffe du caractere Languedocien, & furtout des habitans de Montpellier à l'égard de l'étranger; mais pour revenir, les recommandations dont j'aurois befoin font de toutes les efpeces. Premiérement, pour la nobleffe & les gens en place. Il me feroit très-avantageux d'être préfenté à quelqu'un de cette claffe, pour tâcher à me faire connoître & à faire quelque ufage du peu de talens que j'ai, ou du moins à me donner quelque ouverture, qui pût m'être utile dans la fuite en cas

& lieu. En fecond lieu pour les commerçans , afin de trouver quelque voie de communication plus courte & plus facile , & pour mille autres avantages que vous favez que l'on tire de ces con- noiffances-là. Troifiémement , parmi les gens de lettres , favans , profeffeurs , par les lumieres qu'on peut acquérir avec eux & les progrès qu'on y pourroit faire ; enfin généralement pour toutes. les perfonnes de mérite avec lefquelles on peut du moins lier une honnête fociété , apprendre quelque chofe , & couler quelques heures prifes fur la plus rude & la plus ennuyeufe folitude du monde. J'ai l'honneur de vous écrire cela , mada- me , & non à Mr. l'abbé Arnauld , parce qu'ayant la lettre , vous verrez mieux ce qu'il y aura à ré- pondre , & que fi vous voulez bien vous donner cette peine vous même , cela fera encore un meil- leur effet en ma faveur.

Vous faites , madame , un détail fi riant de ma fituation à Montpellier , qu'en vérité , je ne fau- rois mieux rectifier ce qui peut n'être pas confor- me au vrai , qu'en vous priant de prendre tout le le contre-pied. Je m'étendrai plus au long dans ma prochaine , fur l'efpece de vie que je mene ici. Quant à vous , madame , plût à Dieu que le récit de votre fituation fût moins véridique : hélas ! je

ne puis, pour le préfent, faire que des vœux ardens
pour l'adouciffement de votre fort: il feroit trop
envié, s'il étoit conforme à celui que vous méritez. Je n'ofe efpérer le rétabliffement de ma fanté;
car elle eft encore plus en défordre que quand je
fuis parti de Chambéry: mais, madame, fi Dieu
daignoit me la rendre, il eft fûr que je n'en ferois
d'autre ufage, qu'à tâcher de vous foulager de vos
foins, & à vous feconder en bon & tendre fils,
& en élève reconnoiffant. Vous m'exhortez, madame, à refter ici jufqu'à la St. Jean, je ne le
ferois pas, quand on m'y couvriroit d'or. Je ne
fache pas d'avoir vu, de ma vie, un pays plus
antipathique à mon goût, que celui-ci, ni de féjour plus ennuyeux, plus mauffade, que celui de
Montpellier. Je fais bien que vous ne me croirez
point; vous êtes encore remplie des belles idées,
que ceux qui y ont été attrapés en ont répandues
au dehors pour attraper les autres. Cependant, madame, je vous réferve une relation de Montpellier, qui vous fera toucher les chofes au doigt
& à l'œil; je vous attends là, pour vous étonner.
Pour ma fanté, il n'eft pas étonnant qu'elle ne
s'y remette pas. Premiérement les alimens n'y
valent rien; mais rien, je dis, rien, & je ne
badine point. Le vin y eft trop violent, & in-

commode toujours ; le pain y eſt paſſable , à la
vérité ; mais il n'y a ni bœuf , ni vache, ni
beurre ; on n'y mange que de mauvais mouton ,
& du poiſſon de mer en abondance , le tout toujours apprêté à l'huile puante. Il vous feroit im-
poſſible de goûter de la ſoupe ou des ragoûts,
qu'on nous ſert à ma penſion , ſans vomir. Je ne
veux pas m'arrêter davantage là-deſſus ; car ſi je
vous diſois les choſes préciſément comme elles
ſont, vous ſeriez en peine de moi, bien plus que
je ne le mérite. En ſecond lieu, l'air ne me convient pas : autre paradoxe , encore plus incroyable
que les précédens : c'eſt pourtant la vérité. On
ne ſauroit diſconvenir que l'air de Montpellier
ne ſoit fort pur, & en hiver aſſez doux. Cependant le voiſinage de la mer le rend à craindre ,
pour tous ceux qui ſont attaqués de la poitrine ;
auſſi y voit-on beaucoup de phtiſiques. Un certain
vent, qu'on appelle ici le marin , amene de tems
en tems des brouillards épais & froids, chargés
de particules ſalines & âcres , qui ſont fort dan-
gereuſes. Auſſi, j'ai ici des rhumes, des maux de
gorge , & des eſquinancies , plus ſouvent qu'à
Chambéry. Ne parlons plus de cela, quant à préſent : car ſi j'en diſois davantage , vous n'en
croiriez pas un mot. Je puis pourtant proteſter

que je n'ai dit que la vérité. Enfin, un troisieme
article, c'est la cherté; pour celui-là, je ne m'y
arrêterai pas, parce que je vous en ai parlé précédemment, & que je me prépare à parler de tout
cela plus au long en traitant de Montpellier. Il
suffit de vous dire, qu'avec l'argent comptant que
j'ai apporté, & les 200 livres que vous avez eu
la bonté de me promettre, il s'en faudroit beaucoup qu'il m'en restât actuellement autant devant
moi, pour prendre l'avance, comme vous dites
qu'il en faudroit laisser en arriere pour boucher
les trous. Je n'ai encore pu donner un sou à la
maitresse de la pension, ni pour le louage de ma
chambre; jugez, madame, comment me voilà joli
garçon; & pour achever de me peindre, si je suis
contraint de mettre quelque chose à la presse, ces
honnêtes gens-ci ont la charité de ne prendre que
12 sols par écu de six francs, tous les mois. A la
vérité, j'aimerois mieux tout vendre que d'avoir
recours à un tel moyen. Cependant, madame,
je suis si heureux, que personne ne s'est encore
avisé de me demander de l'argent, sauf celui qu'il
faut donner tous les jours pour les eaux, bouil-
lons de poulets, purgatifs, bains; encore ai-je
trouvé le secret d'en emprunter pour cela, sans
gage & sans usure, & cela du premier cancre de

la terre. Cela ne pourra pas durer, pourtant, d'autant plus que le deuxieme mois eft commencé depuis hier : mais je fuis tranquille depuis que j'ai reçu de vos nouvelles, & je fuis affuré d'ètre fecouru à tems. Pour les commodités, elles font en abondance. Il n'y a point de bon marchand à Lyon, qui ne tire une lertre de change fur Montpellier. Si vous en parlez à M C. il lui fera de la derniere facilité de faire cela : en tout cas voici l'adreffe d'un qui paye un de nos meffieurs de Belley, & de la voie duquel on peut fe fervir, M. Parent, marchand drapier à Lyon au change. Quant à mes lettres, il vaut mieux les adreffer chez Mr. Barcellon, ou plutôt Marcellon, comme l'adreffe eft à la premiere page, on fera plus exact à me les rendre. Il eft deux heures après minuit, la plume me tombe des mains. Cependant, je n'ai pas écrit la moitié de ce que j'avois à écrire. La fuite de la relation & le refte &c. fera renvoyé pour lundi prochain. C'eft que je ne puis faire mieux, fans quoi, madame, je ne vous imiterois certainement pas à cet égard. En attendant, je m'en rapporte aux précédentes, & préfente mes refpectueufes falutations aux révérends peres jéfuites, le révérend pere Hemet & le révérend pere Coppier. Je vous prie bien humblement de leur préfenter une taffe de chocolat, que vous boirez enfemble, s'il vous plait, à ma fanté. Pour moi, je me contente du fumet ; car il ne m'en refte pas un miférable morceau.

J'ai oublié de finir, en parlant de Montpellier, & de vous dire que j'ai réfolu d'en partir vers la fin de décembre, & d'aller prendre le lait d'aneffe en Provence, dans un petit endroit fort joli, à deux lieues du Saint-Efprit. C'eft un air excellent, il y aura bonne compagnie, avec laquelle j'ai déja fait connoiffance en chemin, & j'efpere de n'y être pas tout-à-fait fi chérement qu'à Montpellier. Je demande votre avis là-deffus : il faut encore ajouter, que c'eft faire d'une pierre deux coups ; car je me rapproche de deux journées.

Je vois, madame, qu'on épargneroit bien des embarras & des frais, fi l'on faifoit écrire, par un marchand de Lyon, à fon correfpondant d'ici, de me compter de l'argent, quand j'en aurois befoin, jufqu'à la concurrence de la fomme deftinée. Car ces retards me mettent dans de fâcheux embarras, & ne vous font d'aucun avantage.

LETTRE IV.

A LA MEME.

Montpellier 14 *Décembre* 1737.

MADAME,

JE viens de recevoir votre troifieme lettre, vous
ne la datez point, & vous n'accufez point la récep-
tion des miennes : cela fait que je ne fais à quoi
m'en tenir. Vous me mandez, que vous avez fait
compter, entre les mains de Mr. Bouvier, les 200
livres en queftion, je vous en réitere mes humbles actions de graces. Cependant, pour m'avoir
écrit cela trop-tôt, vous m'avez fait faire une
fauffe démarche; car je tirai une lettre de change,
fur Mr. Bouvier, qu'il a refufée, & qu'on m'a
renvoyée; je l'ai fait partir derechef, il y a apparence, qu'elle fera payée préfentement Quant aux
autres 200 livres je n'aurai befoin que de la moitié, parce que je ne veux pas faire ici un plus
long féjour, que jufqu'à la fin de février; ainfi
vous aurez 100 livres de moins à compter; mais
je vous fupplie de faire en forte que cet argent
foit

foit fûrement entre les mains de Mr. Bouvier,
pour ce tems-là. Je n'ai pu faire les remedes qui
m'étoient prefcrits, faute d'argent. Vous m'avez
écrit que vous m'enverriez de l'argent pour pouvoir m'arranger avant la tenue des états, & voilà
la clôturé des états qui fe fait demain, après
avoir fiégé deux mois entiers. Dès que j'aurai reçu
réponfe de Lyon, je partirai pour le Saint Efprit,
& je ferai l'effai des remedes qui m'ont été o -
donnés. Remedes bien inutiles à ce que je pré-
vois. Il faut périr malgré tout, & ma fanté eft
en pire état que jamais.

Je ne puis aujourd'hui vous donner une fuite
de ma relation : cela demande plus de tranquillité
que je ne m'en fens aujourd'hui. Je vous dirai
en paffant que j'ai tâché de ne pas perdre entiérement mon tems à Montpellier ; j'ai fait quelques
progrès dans les mathématiques ; pour le divertif-
fement, je n'en ai eu d'autre que d'entendre des
mufiques charmantes. J'ai été trois fois à l'opéra,
qui n'eft pas beau ici, mais où il y a d'excellentes
voix. Je fuis endetté ici de 108 livres ; le refte
fervira, avec un peu d'économie, à paffer les deux
mois prochains. J'efpere les couler plus agréable-
ment qu'à Montpellier : voilà tout. Vous pouvez
cépendant, madame, m'écrire toujours ici à l'a-

I

dreffe ordinaire ; au cas que je fois parti, les lettres me feront renvoyées. J'offre mes très hum-
b'es refpects aux révérends peres jéfuites. Quand
j'aurai reçu de l'argent & que je n'aurai pas l'efprit fi chagrin , j'aurai l'honneur de leur écrire.
Je fuis , madame. avec un très-profond refpect,

ROUSSEAU.

Vous devez avoir reçu ma réponfe , par rapport à Mr. de Lautrec. Oh ma chere maman !
j'aime mieux être auprès de D. , & être employé
aux plus rudes travaux de la terre, que de pof-
féder la plus grande fortune dans tout autre cas ;
il eft inutile de penfer que je puiffe vivre autrement : il y a long tems que je vous l'ai dit , &
je le fens encore plus ardemment que jamais.
Pourvu que j'aie cet avantage , dans quelque état
que je fois, tout m'eft indifférent. Quand on
penfe comme moi . je vois qu'il n'eft pas difficile d'éluder les raifons importantes que vous ne
voulez pas me dire. Au nom de Dieu, rangez
les chofes de forte que je ne meure pas de défefpoir. J'approuve tout . je me foumets à tout,
excepté ce feul article , auquel je me fens hors

d'état de confentir, duffé-je ètre la proie du plus miférable fort. Ah! ma chère maman, n'ètes vous donc plus ma chere maman ? ai-je vécu quelques mois de trop.

Vous favez qu'il y a un cas où j'accepterois la chofe dans toute la joie de mon cœur ; mais ce cas eft unique. Vous m'entendez.

LETTRE V.

A LA MEME.

Charmettes, 18 *Mars* 1739.

MA TRÈS-CHERE MAMAN,

J'Ai reçu, comme je le devois, le billet que vous m'écrivîtes dimanche dernier, & j'ai convenu fincérement avec moi - même que, puifque vous trouviez que j'avois tort, il falloit que je l'euffe effectivement ; ainfi, fans chercher à chicaner, j'ai fait mes excufes de bon cœur à mon frere, & je vous fais de même ici les miennes tres - humbles. Je vous affure auffi que j'ai réfolu de tourner toujours du bon côté les corrections que vous jugerez à propos de me faire, fur quelque ton qu'il vous plaife de les tourner.

Vous m'avez fait dire qu'à l'occafion de vos Pâques vous voulez bien me pardonner. Je n'ai garde de prendre la chofe au pied de la lettre, & je fuis fûr que quand un cœur, comme le vôtre, a autant aimé quelqu'un que je me fouviens de l'avoir été de vous, il lui eft impoffible d'en venir jamais à un tel point d'aigreur qu'il faille des motifs de religion pour le réconcilier. Je reçois cela comme une petite mortification que vous m'impofez en me pardonnant, & dont vous favez bien qu'une parfaite connoiffance de vos vrais fentimens adoucira l'amertume.

Je vous remercie, ma très-chere maman, de l'avis que vous m'avez fait donner d'écrire à mon pere. Rendez-moi cependant la juftice de croire que ce n'eft ni par négligence, ni par oubli, que j'avois retardé jufqu'à préfent. Je penfois qu'il auroit convenu d'attendre la réponfe de Mr. l'abbé Arnauld, afin que fi le fujet du mémoire n'avoit eu nulle apparence de réuffir, comme il eft à craindre, je lui euffe paffé fous filence ce projet évanoui. Cependant vous m'avez fait faire réflexion que mon délai étoit appuyé fur une raifon trop frivole, & pour réparer la chofe le plutôt qu'il eft poffible, je vous envoie ma lettre, que je vous prie de prendre la peine de lire, de fermer & de faire partir, fi vous le jugez à propos.

Il n'eft pas néceffaire, je crois, de vous affurer que je languis depuis long-tems dans l'impatience de vous revoir. Songez, ma très-chere maman, qu'il y a un mois, & peut être au-delà, que je fuis privé de ce bonheur. Je fuis du plus profond de mon cœur, & avec les fentimens du fils le plus tendre,

MA TRES-CHERE MAMAN,

ROUSSEAU.

LETTRE VI.

3 Mars.

MA TRÈS-CHERE ET TRÈS-BONNE MAMAN,

JE vous envoie ci-joint le brouillard du mémoire que vous trouverez après celui de la lettre à
Mr. Arnauld. Si j'étois capable de faire un chef-
d'œuvre, ce mémoire à mon goût feroit le mien;
non qu'il foit travaillé avec beaucoup d'art, mais
parce qu'il eſt écrit avec les fentimens qui con-
viennent à un homme que vous honorez du nom
de fils. Aſſurément une ridicule fierté ne me conviendroit guere dans l'état où je fuis : mais aulli
j'ai toujours cru qu'on pouvoit avec arrogance,
& cependant fans s'avilir, conferver dans la mau-
vaiſe fortune & dans les fupplications une certai-
ne dignité plus propre à obtenir des graces d'un
honnête homme que les plus baſſes lâchetés. Au
reſte, je fouhaite plus que je n'efpere de ce mémoire, à moins que votre zele & votre habileté
ordinaires ne lui donnent un puiſſant véhicule :

I 4

çar je fais par une vieille expérience que tous les hommes n'entendent & ne parlent pas le même langage. Je plains les ames à qui le mien eſt inconnu; il y a une maman au monde qui, à leur place, l'entendroit très-bien : mais, me direz-vous, pourquoi ne pas parler le leur ? C'eſt ce que je me fuis aſſez repréſenté. Après tout, pour quatre miférables jours de vie, vaut-il la peine de fe faire faquin ?

Il n'y a pas tant de mal cependant; & j'eſpere que vous trouverez, par la lecture du mémoire, que je n'ai pas fait le rodomont hors de propos, & que je me fuis raiſonnablement humaniſé. Je fais bien, Dieu merci, à quoi, ſans cela, Petit auroit couru grand riſque de mourir de faim, en pareille occaſion ; preuve que je ne fuis pas propre à ramper indignement dans les malheurs de la vie, c'eſt que je n'ai jamais fait le rogue, ni le fendant, dans la proſpérité : mais qu'eſt-ce que je vous lanterne-là ? Sans me fouvenir, chere maman, que je parle à qui me connoît mieux que moi-même. Baſte ; un peu d'effuſion de cœur dans l'occaſion ne nuit jamais à l'amitié.

Le mémoire eſt tout dreſſé ſur le plan que nous avons plus d'une fois digéré enſemble. Je vois le tout aſſez lié, & propre à fe foutenir. Il y a ce maudit voyage de Befançon , dont, pour mon bonheur, j'ai jugé à propos de déguifer un peu ce motif. Voyage éternel & malencontreux, s'il en fût au monde, & qui s'eft déja préfenté à moi bien des fois, & fous des faces bien différentes. Ce font des images où ma vanité ne triomphe pas. Quoi qu'il en foit, j'ai mis à cela une emplâtre, Dieu fait comment! en tout cas, fi l'on vient me faire fubir l'interrogatoire aux Charmettes, j'efpere bien ne pas refter court. Comme vous n'êtes pas au fait comme moi, il fera bon, en préfentant le mémoire, de glifer légérement fur le détail des circonftances, crainte de *qui pro quo*, à moins que je n'aye l'honneur de vous voir avant ce tems-là.

A propos de cela. Depuis que vous voilà établie en ville, ne vous prend - il point fantaifie, ma chere maman, d'entreprendre un jour quelque petit voyage à la campagne ? Si mon bon génie vous l'infpire, vous m'obligerez de me faire avertir, quelques trois ou quatre mois à l'avance, afin que je me prépare à vous recevoir , & à vous faire duement les honneurs de chez moi.

Je prends la liberté de faire ici mes honneurs à Mr. le Cureu, & mes amitiés à mon frere. Ayez la bonté, de dire au premier, que comme Proferpine (ah! la belle chofe que de placer là Proferpine !)

Pefte! où prend mon efprit toutes ces gentilleffes? comme Proferpine donc paffoit autrefois fix mois fur terre & fix mois aux enfers, il faut de même qu'il fe réfolve de partager fon tems entre vous & moi : mais auffi les enfers, où les mettrons-nous? Placez-les en ville, fi vous le jugez à propos; car pour ici, ne vous déplaife, n'en voli pas gés. J'ai l'honneur d'être du plus profond de mon cœur, ma très-chere & très-bonne maman.

ROUSSEAU.

Je m'apperçois que ma lettre vous pourra fervir d'apologie, quand il vous arrivera d'en écrire quelqu'une un peu longue : mais auffi il faudra que ce foit à quelque maman bien chere & bien aimée; fans quoi, la mienne ne prouve rien.

LETTRE VII.

Venise, 5 Octobre 1743.

QUoi! ma bonne maman, il y a mille ans que
je foupire fans recevoir de vos nouvelles , &
vous fouffrez que je reçoive des lettres de Chambéry qui ne foient pas de vous. J'avois eu l'honneur de vous écrire à mon arrivée à Venife ;
mais dès que notre ambalfadeur & notre direc-
teur des poftes feront partis pour Turin, je ne
faurai plus par où vous écrire, car il faudra
faire trois ou quatre entrepôts affez difficiles ;
cependant les lettres duffent-elles voler par l'air ,
il faut que les miennes vous parviennent , &
fur-tout que je reçoive des vôtres, fans quoi
je fuis tout-à-fait mort. Je vous ferai parvenir cette lettre par la voie de Mr. l'ambaffadeur
d'Efpagne qui , j'efpere, ne me refufera pas la
grace de la mettre dans fon paquet. Je vous fupplie , maman , de faire dire à Mr. Dupont
que j'ai reçu fa lettre, & que je ferai avec plai-

fir tout ce qu'il me demande, auffi-tôt que j'aurai
l'adreffe du marchand qu'il m'indique. Adieu,
ma très-bonne & très-chere maman. J'écris aujourd'hui à Mr. de Lautrec exprès pour lui parler de vous. Je tâcherai de faire qu'on vous envoie, avec cette lettre, une adreffe pour me
faire parvenir les vôtres; vous ne la donnerez
à perfonne; mais vous prendrez feulement les
lettres de ceux qui voudront m'écrire, pourvu
qu'elles ne foient pas volumineufes, afin que
Mr. l'ambaffadeur d'Efpagne n'ait pas à fe plaindre de mon indifcrétion à en charger fes couriers. Adieu derechef, très-chere maman, je
me porte bien, & vous aime plus que jamais.
Permettez que je faffe mille amitiés à tous vos
amis, fans oublier Zizi & taleralatalera, & tous
mes oncles.

Si vous m'écrivez par Geneve, en recomman-
dant votre lettre à quelqu'un, l'adreffe fera fim-
plement à Mr. Rouffeau, fecrétaire d'ambaffade
de France, à Venife.

Comme il y auroit toujours de l'embarras

à m'envoyer vos lettres par les couriers de Mr.
de la Mina, je crois, toute réflexion faite, que
vous ferez mieux de les adreſſer à quelque cor-
reſpondant à Geneve qui me les fera parvenir
aiſément. Je vous prie de prendre la peine de
fermer l'incluſe, & de la faire remettre à ſon adreſſe.
O mille fois chere maman, il me ſemble déja
qu'il y a un ſiecle que je ne vous ai vue: en
vérité, je ne puis vivre loin de vous.

_____

LETTRE VIII.

A LA MEME.

A Paris, le 25 Février 1745.

J'Ai reçu, ma très-bonne maman, avec les deux lettres que vous m'avez écrites, les préfens que vous y avez joints, tant en favon qu'en chocolat: je n'ai point jugé à propos de me frotter les mouftaches du premier, parce que je le réferve pour m'en fervir plus utilement dans l'occafion. Mais commençons par le plus preffant, qui eft votre fanté, & l'état préfent de vos affaires, c'eft-à-dire des nôtres. Je fuis plus affligé qu'étonné de vos fouffrances continuelles. La fageffe de Dieu n'aime point à faire des préfens inutiles; vous êtes, en faveur des vertus que vous en avez reçues, condamnée à en faire un exercice continuel. Quand vous êtes malade, c'eft la patience; quand vous fervez ceux qui le font, c'eft l'humanité. Puifque vos peines tournent toutes à votre gloire, ou au foulagement d'autrui, elles entrent dans le bien général, & nous n'en devons pas

murmurer. J'ai été très-touché de la maladie de
mon pauvre frere, j'efpere d'en apprendre inceffamment de meilleures nouvelles. Mr. d'Arras
m'en a parlé avec une affection qui m'a charmé;
c'étoit me faire la cour mieux qu'il ne le penfoit
lui-même. Dites-lui, je vous fupplie, qu'il prenne
courage, car je le compte échappé de cette affaire, & je lui prépare des magifleres qui le rendront
immortel.

Quant à moi, je me fuis toujours affez bien
porté depuis mon arrivée à Paris, & bien m'en
a pris; car j'aurois été, auffi bien que vous, un
malade de mauvais rapport pour les chirurgiens
& les apothicaires. Au refte, je n'ai pas été exemt
des mêmes embarras que vous; puifque l'ami
chez lequel je fuis logé a été attaqué cet hiver
d'une maladie de poitrine, dont il s'eft enfin tiré
contre toute efpérance de ma part. Ce bon &
généreux ami eft un gentilhomme Efpagnol, affez
à fon aife, qui me preffe d'accepter un afyle dans
fa maifon, pour y philofopher enfemble le refte
de nos jours. Quelque conformité de goûts & de
fentimens qui me lie à lui, je ne le prends point
au mot, & je vous laiffe à deviner pourquoi?

Je ne puis rien vous dire de particulier fur
le voyage que vous méditez, parce que l'appro-
bation qu'on peut lui donner dépend des fecours
que vous trouverez pour en fupporter les frais,
& des moyens fur lefquels vous appuyez l'efpoir
du fuccès de ce que vous y allez entreprendre.

Quant à vos autres projets, je n'y vois rien
que lui, & je n'attends pas là-deffus d'autres lumieres que celles de vos yeux & des miens. Ainfi
vous êtes mieux en état que moi de juger de la
folidité des projets que nous pourrions faire de
ce côté. Je trouve mademoifelle fa fille affez aimable, je penfe pourtant que vous me faites plus
d'honneur que de juftice en me comparant à elle :
car il faudra, tout au moins, qu'il m'en coûte
mon cher nom de petit né. Je n'ajouterai rien
fur ce que vous m'en dites de plus ; car je ne
faurois répondre à ce que je ne comprends pas. Je
ne faurois finir cet article, fans vous demander
comment vous vous trouvez de cet archi-âne de
Keiffer. Je pardonne à un fot d'être la dupe d'un
autre, il eft fait pour cela ; mais quand on a vos
lumieres, on n'a pas bonne grace à fe laiffer trom-
per par un tel animal qu'après s'être crevé les
yeux. Plus j'acquiers de lumieres de chymie, plus

tous ces maitres chercheurs de fecrets & de magif teres me paroiffent cruches & butords. Je voyois, il y a deux jours, un de ces idiots, qui foupe-fant de l'huile de vitriol, dans un laboratoire où j'étois, n'étoit pas étonné de fa grande pe-fanteur, parce, difoit - il, qu'elle contient beau-coup de mercure; & le même homme fe van-toit de favoir parfaitement l'analyfe & la com-pofition des corps. Si de pareils bavards favoient que je daigne écrire leurs impertinences, ils en feroient trop fiers.

Me demanderez-vous ce que je fais. Hélas! maman, je vous aime, je penfe à vous, je me plains de mon cheval d'ambaffadeur : on me plaint, on m'eftime, & l'on ne me rend point d'autre juftice. Ce n'eft pas que je n'efpere m'en venger un jour en lui faifant voir non - feule-ment que je vaux mieux, mais que je fuis plus eftimé que lui. Du refte, beaucoup de projets, peu d'efpérance ; mais toujours, n'établiffant pour mon point de vue que le bonheur de finir mes jours avec vous.

J'ai eu le malheur de n'ètre bon à rien à Mr. de Bille; car il a fini fes affaires fort heu-

K

reufement, & il ne lui manque que de l'argent,
forte de marchandife dont mes mains ne fe
foutient plus. Je ne fais comment réuffira cette
lettre; car on m'a dit que Mr. Deville devoit
partir demain, & comme je ne le vois point venir aujourd'hui, je crains bien d'être regardé
de lui comme un homme inutile, qui ne vaut
pas la peine qu'on s'en fouvienne. Adieu, ma-
mant, fouvenez-vous de m'écrire fouvent & de
me donner une adreffe fûre.

LETTRE IX.

A LA MEME.

A Paris le 17 Décembre 1747.

IL n'y a que six jours, ma très-chere maman, que je suis de retour de Chenonceaux. En arrivant, j'y ai reçu votre lettre du deux de ce mois, dans laquelle vous me reprochez mon silence & avec raison, puisque j'y vois que vous n'avez point reçu celle que je vous avois écrite de-là sous l'enveloppe de l'abbé Giloz. J'en viens de recevoir une de lui-même, dans laquelle il me fait les mêmes reproches. Ainsi je suis certain qu'il n'a point reçu son paquet, ni vous votre lettre; mais ce dont il semble m'accuser est justement ce qui me justifie. Car, dans l'éloignement où j'étois de tout bureau pour affranchir, je hasardai ma double lettre sans affranchissement, vous marquant à tous les deux combien je craignois qu'elle n'arrivât pas & que j'attendois votre réponse pour me rassurer; je ne l'ai point reçue cette réponse, & j'ai bien compris

K 2

par-là que vous n'aviez rien reçu , & qu'il falloit néceffairement attendre mon retour à Paris pour écrire de nouveau. Ce qui m'avoit encore enhardi à hafarder cette lettre , c'eft que l'année derniere il vous en étoit parvenu une, par je ne fais quel bonheur, que j'avois hafardée de la mème maniere, dans l'impoffibilité de faire autrement. Pour la preuve de ce que je dis, prenez la peine de faire chercher au bureau du Pont un paquet endoffé de mon écriture à l'adreffe de Mr. l'abbé Giloz, &c. vous pourrez l'ouvrir, prendre votre lettre & lui envoyer la fienne ; auffi-bien contiennent-elles des détails qui me coûtent trop pour me réfoudre à les recommencer.

Mr. Defcreux vint me voir le lendemain de mon arrivée, il me dit qu'il avoit de l'argent à votre fervice & qu'il avoit un voyage à faire, fans lequel il comptoit vous voir en paffant & vous offrir fa bourfe. Il a beau dire, je ne la crois gueres en meilleur état que la mienne. J'ai toujours regardé vos lettres de change qu'il a acceptées comme un véritable badinage. Il en acceptera bien pour autant de millions qu'il vous plaira, au même prix, je vous affure que cela lui eft fort égal. Il eft fort fur le zéro, auffi-bien que Mr. Baqueret, & je ne doute pas qu'il n'aille achever ses projets au même lieu. Du reste, je le crois fort bon homme, & qui même allie deux chofes rares à trouver enfemble, la folie & l'intérêt.

Par rapport à moi je ne vous dis rien, c'eft tout dire. Malgré les injuftices que vous me faites intérieurement, il ne tiendroit qu'à moi de changer en eftime & en compaffion vos perpétuelles défiances envers moi. Quelques explications fuffiroient pour cela : mais votre cœur n'a que trop de fes propres maux, fans avoir encore à porter ceux d'autrui ; j'efpere toujours qu'un jour vous me connoîtrez mieux, & vous m'en aimerez davantage.

Je remercie tendrement le frere de fa bonne amitié & l'affure de toute la mienne. Adieu, trop chere & trop bonne maman, je fuis de nouveau à l'hôtel du Saint Efprit, rue Plâtriere.

J'ai différé quelques jours à faire partir cette lettre, fur l'efpérance que m'avoit donnée Mr. Defcreux de me venir voir avant fon départ, mais je l'ai attendu inutilement, & je le tiens parti ou perdu.

LETTRE X.

A LA MEME.

A Paris , le 26 Août 1748.

JE n'efpérois plus , ma très-bonne maman , d'avoir le plaifir de vous écrire , l'intervalle de ma derniere lettre a été rempli coup fur coup de deux maladies affreufes. J'ai d'abord eu une attaque de colique néphrétique , fievre , ardeur & rétention d'urine; la douleur s'eft calmée à force de bains , de nitre & d'autres diurétiques ; mais la difficulté d'uriner fubfifte toujours , & la pierre , qui de rein eft defcendue dans la veffie , ne peut en fortir que par l'opération : mais ma fanté ni ma bourfe ne me laiffant pas en état d'y fonger , il ne me refte plus de ce côté-là que la patience & la réfignation , remedes qu'on a toujours fous la main , mais qui ne guériffent pas de grand'chofe.

En dernier lieu , je viens d'être attaqué de

violentes coliques d'eſtomach, accompagnées de
vomiſſemens continuels & d'un flux de ventre
exceſſif. J'ai fait mille remedes inutiles , j'ai
pris l'émétique & en dernier lieu le iymaroüba ;
le vomiſſement eſt calmé, mais je ne digere plus
du tout. Les alimens ſortent tels que je les ai pris ,
il a fallu renoncer meme au ris qui m'avoit été
preſcrit , & je ſuis réduit à me priver preſque
de toute nourriture , & par-deſſus tout cela d'une
foibleſſe inconcevable.

Cependant le beſoin me chaſſe de la chambre,
& je me propoſe de faire demain ma première
ſortie ; peut-être que le grand air & un peu de
promenade me rendront quelque choſe de mes
forces perdues. On m'a conſeillé l'uſage de l'ex-
trait de genievre, mais il eſt ici bien moins bon &
beaucoup plus cher que dans nos montagnes.

Et vous, ma chere maman, comment êtes-vous
préſent ? Vos peines ne ſont elles point cal-
mées ? n'etes vous point appaiſée au ſujet d'un
malheureux fils, qui n'a prévu vos peines que de
trop loin, ſans jamais les pouvoir ſoulager ? Vous
n'avez connu ni mon cœur ni ma ſituation. Per-
mettez-moi de vous répondre ce que vous m'avez

dit fi fouvent, vous ne me connoîtrez que quand
il n'en fera plus tems.

M. Léonard a envoyé favoir de mes nouvelles, il y a quelque tems. Je promis de lui écrire,
& je l'aurois fait fi je n'étois retombé malade
précifément dans ce tems-là. Si vous jugiez à propos, nous nous écririons à l'ordinaire par cette
voie. Ce feroit quelques ports de lettres, quelques
affranchiffemens épargnés dans un tems où cette
léfine eft prefque de néceffité. J'efpere toujours
que ce tems n'eft pas pour durer éternellement.
Je voudrois bien avoir quelque voie fûre pour
m'ouvrir à vous fur ma véritable fituation. J'aurois le plus grand befoin de vos confeils. J'ufe
mon efprit & ma fanté, pour tâcher de me conduire avec fageffe dans ces circonftances difficiles,
pour fortir, s'il eft poffible, de cet état d'oppro-
bre & de mifere, & je crois m'appercevoir chaque jour que c'eft le hafard feul qui regle ma
deftinée, & que la prudence la plus confommée
n'y peut rien faire du tout. Adieu, mon aimable
maman, écrivez-moi toujours à l'hôtel du Saint
Efprit, rue Plâtriere.

LETTRE XI.

A LA MEME.

A Paris , le 17 *Janvier* 1749.

UN travail extraordinaire qui m'eft furvenu ,
& une très - mauvaife fanté , m'ont empéché ,
ma très-bonne maman , de remplir mon devoir
envers vous depuis un mois. Je me fuis chargé
de quelques articles pour le grand dictionnaire
des arts & des fciences qu'on va mettre fous
preffe. La befogne croit fous ma main, & il faut
la rendre à jour nommé; de façon que furchar-
gé de ce travail, fans préjudice de mes occupations ordinaires , je fuis contraint de prendre
mon tems fur les heures de mon fommeil. Je fuis
fur les dents ; mais j'ai promis , il faut tenir parole : d'ailleurs je tiens au cul & aux chauffes des
gens qui m'ont fait du mal, la bile me donne
des forces, & même de l'efprit & de la fcience.

La colere fuffit & vaut un Apollon.

Je bouquine , j'apprends le grec. Chacun a fes

armes : au lieu de faire des chanfons à mes ennemis, je leur fais des articles de dictionnaires :
l'un vaudra bien l'autre & durera plus long-tems.

Voilà, ma chere maman, quelle feroit l'excufe de ma négligence, fi j'en avois quelqu'une
de recevable auprès de vous : mais je fens bien
que ce feroit un nouveau tort de prétendre me
juftifier. J'avoue le mien en vous en demandant
pardon. Si l'ardeur de la haine l'a emporté quelques inftans dans mes occupations fur celles de
l'amitié, croyez qu'elle n'eft pas faite pour avoir
long tems la préférence dans un cœur qui vous
appartient. Je quitte tout pour vous écrire : c'eft
là véritablement mon état naturel.

En vous envoyant une réponfe à la derniere
de vos lettres, celle que j'avois reçue de Geneve,
je n'y ajoutai rien de ma main ; mais je penfe
que ce que je vous adreffai étoit décifif & pouvoit me difpenfer d'autre réponfe, d'autant plus
que j'aurois eu trop à dire.

Je vous fupplie de vouloir bien vous charger
de mes tendres remercimens pour le frere, &
de lui dire que j'entre parfaitement dans fes vues

& dans fes raifons, & qu'il ne me manque que les moyens d'y concourir plus réellement. Il faut efpérer qu'un tems plus favorable nous rapprochera de féjour, comme la même façon de penfer nous rapproche de fentiment.

Adieu, ma bonne maman, n'imitez pas mon mauvais exemple, donnez-moi plus fouvent des nouvelles de votre fanté, & plaignez un homme qui fuccombe fous un travail ingrat.

LETTRE XII.

A LA MEME.

A Paris, le 13 *février* 1753.

VOus trouverez ci-joint, ma chere maman, une lettre de 240 livres. Mon cœur s'afflige également de la petiteſſe de la ſomme & du beſoin que vous en avez. Tàchez de pourvoir aux beſoins les plus preſſans : cela eſt plus aiſé où vous ètes qu'ici , où toutes choſes & ſur-tout le pain ſont d'une cherté horrible. Je ne veux pas, ma bonne maman, entrer avec vous dans le détail des choſes dont vous me parlez, parce que ce n'eſt pas le tems de vouſ rappeller quel a toujours été mon ſentiment ſur vos entrepriſes. Je vous dirai ſeulement qu'au milieu de toutes vos infortunes , votre raiſon & votre vertu ſont des biens qu'on ne peut vous ôter, & dont le principal uſage ſe trouve dans les afflictions.

Votre fils s'avance à grands pas vers ſa der-

niere demeure. Le mal a fait un si grand progrès cet hyver que je ne dois plus m'attendre
à en voir un autre. J'irai donc à ma destina-
tion avec le seul regret de vous laisser malheu-
reuse.

On donnera le premier de mars la premiere
représentation du *Devin* à l'opéra de Paris, je
me ménage jusqu'à ce tems-là avec un soin
extrême, afin d'avoir le plaisir de le voir. Il
sera joué aussi le lundi gras au château de Bel-
levue en présence du roi, & madame la mar-
quise de Pompadour y fera un rôle. Comme
tout cela sera exécuté par des seigneurs & dames de la cour, je m'attends à être chanté faux
& estropié ; ainsi je n'irai point. D'ailleurs,
n'ayant pas voulu être présenté au roi, je ne
veux rien faire de ce qui auroit l'air d'en rechercher de nouveau l'occasion. Avec toute cette
gloire, je continue à vivre de mon métier de
copiste qui me rend indépendant, & qui me ren-
droit heureux si mon bonheur pouvoit se faire
sans le vôtre & sans la santé.

J'ai quelques nouveaux ouvrages à vous envoyer, & je me servirai pour cela de la voie

de Mr. Léonard ou de celle de l'abbé Giloz, faute d'en trouver de plus directes.

Adieu, ma très-bonne maman, aimez toujours un fils qui voudroit vivre plus pour vous que pour lui-même.

LETTRE XIII.

A LA MEME.

MADAME,

J'Ai lu & copié le nouveau mémoire que vous avez pris la peine de m'envoyer; j'approuve fort le retranchement que vous avez fait, puifqu'outre que c'étoit un aſſez mauvais verbiage, c'eſt que les circonſtances n'en étant pas conformes à la vérité, je me faiſois une violente peine de les avancer; mais auſſi il ne falloit pas me faire dire au commencement que j'avois abandonné tous mes droits & prétentions, puifque rien n'étant plus manifeſtement faux, c'eſt toujours menſonge pour menſonge, & de plus que celui-là eſt bien plus aifé à vérifier.

Quant aux autres changemens, je vous dirai là-deſſus, madame, ce que Socrate répondit autrefois à un certain Liſias. Ce Liſias étoit le plus habile orateur de fon tems, & dans l'accuſation

où Socrate fut condamné, il lui apporta un difcours qu'il avoit travaillé avec grand foin , où il
mettoit fes raifons & les moyens de Socrate dans
tout leur jour ; Socrate le lut avec plaifir & le
trouva fort bien fait ; mais il lui dit franchement
qu'il ne lui étoit pas propre. Sur quoi Lifias lui
ayant demandé comment il étoit poffible que ce
difcours fût bien fait s'il ne lui étoit pas propre ,
de mème , dit-il , en fe fervant felon fa coutume
de comparaifons vulgaires , qu'un excellent ou-
vrier pourroit m'apporter des habits ou des fou-
liers magnifiques , brodés d'or , & auxquels il ne
manqueroit rien , mais qui ne me conviendroient
pas. Pour moi, p'us docile que Socrate , j'ai laiffé
le tout comme vous avez jugé à propos de le
changer , excepté deux ou trois expreffions de
ftyle feulement qui m'ont paru s'ètre gliffées par
mégarde.

J'ai été plus hardi à la fin. Je ne fais quelles
pouvoient ètre vos vues en faifant paffer la penfion par les mains de Son Excellence , mais l'inconvénient en faute aux yeux : car il eft clair que
fi j'avois le malheur par quelque accident imprévu de lui furvivre ou qu'il tombât malade ,
adieu la penfion. En coûtera-t-il de plus pour l'é-
tablir

tablir le plus folidement qu'on pourra. C'eſt chercher des détours qui vous égarent pendant qu'il
n'y a aucun inconvénient à ſuivre le droit chemin. Si ma fidélité étoit équivoque & qu'on pût
me foupçonner d'être homme à détourner cet argent ou à en faire un mauvais uſage, je me ferois
bien gardé de changer l'endroit auſſi librement
que je l'ai fait, & ce qui m'a engagé à parler de
moi, c'eſt que j'ai cru pénétrer que votre délicateſſe ſe faiſoit quelque peine qu'on pût penſer
que cet argent tournât à votre profit, idée qui ne
peut tomber que dans l'eſprit d'un enragé ; quoiqu'il en ſoit, j'eſpere bien de n'en jamais ſouiller
mes mains.

Vous avez, ſans doute par mégarde, joint au
mémoire une feuille féparée que je ne ſuppoſe
pas qui fût à copier. En etſet, ne pourroit-on
pas me demander de quoi je me mèle - là ; &
moi, qui aſſure ètre féqueſtré de toute affaire
civile, me ſiéroit - il de paroitre ſi bien inſtruit
de choſes qui ne ſont pas de ma compé-
tence ?

Quant à ce qu'on me fait dire que je ſouhai-

L

terois de n'être pas nommé, c'eſt une fauſſe délicateſſe que je n'ai point. La honte ne confiſte
pas à dire qu'on reçoit, mais à être obligé de
recevoir. Je méprife les détours d'une vanité
mal entendue autant que je fais cas des ſentimens élevés. Je ſens pourtant le prix d'un pareil ménagement de votre part & de celle de mon
oncle ; mais je vous en difpenfe l'un & l'autre.
D'ailleurs fous quel nom, dites-moi, feriez-vous
enrégiſtrer la penſion ?

Je fais mille remercimens au très-cher oncle.
Je connois tous les jours mieux quelle eſt ſa
bonté pour moi : s'il a obligé tant d'ingrats en
ſa vie, il peut s'aſſurer d'avoir au moins trouvé
un cœur reconnoiſſant : car, comme dit Séneque :

Muta perdenda funt, ut femel ponas bene.

Ce latin-là c'eſt pour l'oncle ; en voici pour
vous, la traduction françoiſe.

Perdez force bienfaits, pour en bien placer un.

Il y a long-tems que vous pratiquez cette

fentence fans, je gage, l'avoir jamais lue dans Séneque.

Je fuis dans la plus grande vivacité de tous mes fentimens,

MADAME, MA TRÈS-CHERE MAMAN,

ROUSSEAU.

LETTRE XIV.

A LA MEME.

LE départ de Mr. de Ville se trouvant pro-
longé de quelques jours, cela me donne, chere
maman, le loisir de m'entretenir encore avec
vous.

Comme je n'ai nulle relation à la cour de
l'Infant, je ne saurois que vous exhorter à vous
servir des connoissances que vos amis peuvent
vous procurer de ce côté-là. Je puis avoir quelque facilité de plus du côté de la cour d'Espa-
gne, ayant plusieurs amis qui pourroient nous
servir de ce côté. J'ai entre autres ici Mr. le marquis de Turrieta, qui est assez ami de mon ami,
peut-être un peu le mien : je me propose à son
départ pour Madrid, où il doit retourner ce
printems, de lui remettre un mémoire relatif
à votre pension, qui auroit pour objet de vous
la faire établir pour toujours à la pouvoir man-
ger où il vous plairoit : car mon opinion est que

c'eft une affaire défefpérée du côté de la cour de Turin, où les Savoyards auront toujours af- fez de crédit pour vous faire tout le mal qu'ils voudront : c'eft-à-dire , tout celui qu'ils pour- ront. Il n'en fera pas de même en Efpagne où nous trouverons toujours autant, & comme je crois, plus d'amis qu'eux. Au refte, je fuis bien éloigné de vouloir vous flatter du fuccès de ma démarche; mais que rifquons-nous de tenter? Quant à Mr. le marquis Scotti, je favois déja tout ce que vous m'en dites, & je ne manquerai pas d'infinuer cette voie à celui à qui je remet- trai le mémoire, mais comme cela dépend de plufieurs circonftances , foit de l'accès qu'on peut trouver auprès de lui, foit de la répugnan- ce que pourroient avoir mes correfpondans à lui faire leur cour, foit enfin de la vie du roi d'Efpagne, il ne fera peut-être pas fi mauvais que vous le penfez, de fuivre la voie ordinaire des miniftres. Les affaires qui ont paffé par les bureaux fe trouvent à la longue toujours plus folides que celles qui ne fe font faites que par faveur.

Quelque peu d'intérêt que je prenne aux fêtes publiques , je ne me pardonnerois pas de ne

vous rien dire du tout de celles qui fe font
ici pour le mariage de Mr. le Dauphin. Elles
font telles qu'après les merveilles que Saint Paul
a vues, l'efprit humain ne peut rien concevoir
de plus brillant. Je vous ferois un détail de
tout cela, fi je ne penfois que Mr. de Ville fera
à portée de vous en entretenir. Je puis en deux
mots vous donner une idée de la cour, foit par
le nombre, foit par la magnificence, en vous
difant premierement qu'il y avoit quinze mille
mafques au bal mafqué qui s'eft donné à Ver-
failles, & que la richeffe des habits au bal paré,
au ballet & aux grands appartemens, étoit telle
que mon Efpagnol faifi d'un enthoufiafme poéti-
que de fon pays s'écria; que madame la dau-
phine étoit un foleil, dont la préfence avoit
liquéfié tout l'or du royaume dont s'étoit fait
un fleuve immenfe, au milieu duquel nageoit
toute la cour.

Je n'ai pas eu pour ma part le fpectacle le
moins agréable; car j'ai vu danfer & fauter
toute la canaille de Paris dans ces falles fuperbes & magnifiquement illuminées, qui ont été
conftruites dans toutes les places pour le divor.

tiffement du peuple. Jamais ils ne s'étoient trou-
vés à pareille fète. Ils ont tant fecoué leurs gue-
nilles, ils ont tellement bu, & fe font fi pleinement piffrés, que la plupart en ont été malades.
Adieu, maman.

LETTRE XV.

A LA MEME.

JE dois, ma très-chere maman, vous donner
avis que, contre toute efpérance, j'ai trouvé
le moyen de faire recommander votre affaire à
Mr. le comte de Caſtellane de la maniere la plus
avantageuſe ; c'eſt par le miniſtre même qu'il
en ſera chargé, de maniere que ceci devenant
une affaire de dépèches, vous pouvez vous aſſurer d'y avoir tous les avantages que la faveur
peut prèter à l'équité. J'ai été contraint de dreſſer
ſur les pieces que vous m'avez envoyées un
mémoire dont je joins ici la copie, afin que vous
voyez ſi j'ai pris le ſens qu'il falloit. J'aurai le
tems, ſi vous vous hâtez de me répondre, d'y
faire les corrections convenables, avant que de
le faire donner ; car la cour ne reviendra de Fon-
tainebleau que dans quelques jours. Il faut d'ailleurs que vous vous hâtiez de prendre ſur cette
affaire les inſtructions qui vous manquent ; & il
eſt, par exemple, fort étrange de ne ſavoir pas

même le nom de baptème des perfonnes dont on répete la fucceſſion : vous favez auſſi que rien ne peut ètre décidé dans des cas de cette nature, fans de bons extraits baptiftaires & du teftateur & de l'héritier, légalifés par les magiftrats du lieu & par les miniftres du roi qui y réfident. Je vous avertis de tout cela afin que vous vous muniſſiez de toutes ces pieces, dont l'envoi de tems à autre fervira de mémoratif, qui ne fera pas inutile. Adieu, ma chere maman, je me propofe de vous écrire bien au long fur mes propres affaires, mais j'ai des chofes fi peu réjouiſſantes à vous apprendre que ce n'eſt pas la peine de fe hâter.

MÉMOIRE.

N. N. De la Tour , gentil-homme du pays de Vaud, étant mort à Conftantinople, & ayant établi le fieur Honoré Pelico, marchand François pour fon exécuteur (*) teftamentaire , à

(*) Mr. Miol avoit mis *procureur* , fans faire réflexion que le pouvoir du procureur ceſſe à la mort du commettant.

la charge de faire parvenir ſes biens à ſes plus proches parens. Françoiſe de la Tour, baronne de Warens, qui ſe trouve dans le cas (*), ſouhaiteroit qu'on pût agir auprès du dit ſieur Pelico, pour l'engager à ſe deſſaiſir des dits biens en ſa faveur, en lui démontrant ſon droit. Sans vouloir révoquer en doute la bonne volonté dudit ſieur Pelico, il ſemble par le ſilence qu'il a obſervé juſqu'à préſent envers la famille du défunt, qu'il n'eſt pas preſſé d'exécuter ſes volontés. C'eſt pourquoi il ſeroit à déſirer que Mr. l'ambaſſadeur voulût interpoſer ſon autorité pour l'examen & la déciſion de cette affaire. La dite baronne de Warens ayant eu ſes biens confiſqués, pour cauſe de la religion catholique qu'elle a embraſſée, & n'étant pas payée des pen-

---

(*) Il ne reſte de toute la maiſon de la Tour que madame de Warens, & une ſienne niece, qui ſe trouve par conſéquent d'un dégré au moins plus éloignée; & qui, d'ailleurs n'ayant pas quitté ſa religion ni ſes biens, n'eſt pas aſſujettie aux mêmes beſoins.

fions que le roi de Sardaigne, & enfuite fa majefté catholique lui ont affignées fur la Savoie,
ne doute point que la dure nécellité où elle fe
trouve ne foit un motif de plus pour intéreiler
en fa faveur la religion de Son Excellence.

LETTRE XVI.

A LA MEME.

MADAME,

J'Eus l'honneur de vous écrire jeudi paſſé, &
Mr. Genevois ſe chargea de ma lettre: depuis
ce tems je n'ai point vu Mr. Barrillot, & j'ai
reſté enfermé dans mon auberge comme un vrai
priſonnier. Hier, impatient de ſavoir l'état de
mes affaires, j'écrivis à Mr. Barrillot, & je lui
témoignai mon inquiétude en termes aſſez forts.
Il me répondit ceci.

Tranquilliſez-vous, mon cher monſieur, tout
va bien. Je crois que lundi ou mardi tout finira.
Je ne ſuis point en état de ſortir. Je vous irai
voir le plutôt que je pourrai.

Voila donc, madame, à quoi j'en ſuis; auſſi
peu inſtruit de mes affaires que ſi j'étois à cent
lieues d'ici: car il m'eſt défendu de paroître en

ville. Avec cela toujours feul & grande dépen-
fe, puis les frais qui fe font d'un autre côté
pour tirer ce miférable argent, & puis ceux
qu'il a fallu faire pour confulter ce médecin, &
lui payer quelques remedes qu'il m'a remis. Vous
pouvez bien juger qu'il y a déja long - tems
que ma bourfe eft à fec, quoique je fois déja
affez joliment endetté dans ce cabaret : ainfi je
ne mene point la vie la plus agréable du monde ; & pour furcroit de bonheur, je n'ai, madame, point de nouvelle de votre part, cependant je fais bon courage autant que je le puis,
& j'efpere qu'avant que vous receviez ma lettre
je faurai la définition de toutes chofes : car en
vérité fi cela duroit plus long - tems, je croirois
que l'on fe moque de moi, & que l'on ne me
réferve que la coquille de l'huître.

Vous voyez, madame, que le voyage que
j'avois entrepris, comme une efpece de partie de plaifir, a pris une tournure bien oppo-
fée ; auffi le charme d'être tout le jour feul
dans une chambre à promener ma mélancolie,
dans des tranfes continuelles, ne contribue pas
comme vous pouvez bien croire à l'améliora-
tion de ma fanté. Je foupire après l'inftant de

mon retour , & je prierai bien Dieu déformais qu'il me préferve d'un voyage auffi dé-
plaifant.

J'en étois-là de ma lettre quand Mr. Barrillot
m'eft venu voir , il m'a fort affuré que mon affaire ne fouffroit plus de difficultés. Mr. le Réfident a intervenu & a la bonté de prendre cette
affaire - là à cœur. Comme il y a un intervalle
de deux jours entre le commencement de ma lettre & la fin, j'ai pendant ce tems - là été rendre mes devoirs à Mr. le Réfident qui m'a reçu
le plus gracieufement, & j'ofe dire le plus familiérement du monde. Je fuis fûr à préfent que
mon affaire finira totalement dans moins de trois
jours d'ici , & que ma portion me fera comptée
fans difficulté , fauf les frais qui , à la vérité ,
feront un peu forts , de même bien plus haut que
je n'aurois cru.

Je n'ai , madame , reçu aucune nouvelle de
votre part ces deux ordinaires ici ; j'en fuis mor-
tellement inquiet , fi je n'en reçois pas l'ordinaire
prochain , je ne fais ce que je deviendrai. J'ai
reçu une lettre de l'oncle , avec une autre pour le
curé fon ami. Je ferai le voyage jufques-là , mais

je fais qu'il n'y a rien à faire & que ce pré est perdu pour moi.

Je n'ai point encore écrit à mon pere ni vu aucun de mes parens , & j'ai ordre d'obferver le même *incognito* jufqu'au débourfement. J'ai une furieufe démangeaifon de tourner la feuille ; car j'ai encore bien des chofes à dire. Je n'en ferai rien cependant, & je me réferve à l'ordinaire prochain pour vous donner de bonnes nouvelles. J'ai l'honneur d'être avec un profond refpect,

ROUSSEAU.

LETTRE XVII.

A MADAME DE SOURGEL.

JE suis fâché, madame, d'être obligé de relever les irrégularités de la lettre que vous avez écrite à Mr. Favre, à l'égard de madame la baronne de Warens. Quoique j'eusse prévu à-peu-près les suites de sa facilité à votre égard, je n'avois point à la vérité soupçonné que les choses en vinssent au point où vous les avez amenées par une conduite qui ne prévient pas en faveur de votre caractere. Vous avez très-raison, madame, de dire qu'il a été mal à madame de Warens d'en agir comme elle a fait avec vous & monsieur votre époux. Si son procédé fait honneur à son cœur, il est sûr qu'il n'est pas également digne de ses lumieres ; puisqu'avec beaucoup moins de pénétration & d'usage du monde, je ne laissai pas de percer mieux qu'elle dans l'avenir, & de lui prédire assez juste une partie du retour dont vous payez son amitié & ses bons offices. Vous le sentîtes parfaitement, madame, & si je m'en souviens bien, la crainte que mes conseils ne fussent

écoutés

écoutés vous engagea auffi bien que mademoifelle votre fille à faire à mes égards certaines démarches un peu rampantes, qui dans un cœur
comme le mien n'étoient gueres propres à jetter
de meilleurs préjugés que ceux que l'avois conçus;
à l'occafion de quoi vous rappellez fort noblement
le préfent que vous voulutes faire de ce précieux
jufte-au-corps, qui tient auffi-bien que moi une
place fi honorable dans votre lettre. Mais j'aurai
l'honneur de vous dire, madame, avec tout le
refpect que je vous dois, que je n'ai jamais fongé
à recevoir votre préfent, dans quelque état d'a-
baiffement qu'il ait plu à la fortune de me placer.
J'y regarde de plus près que cela dans le choix
de mes bienfaiteurs. J'aurois, en vérité, belle
matiere à railler en faifant la defcription de ce
fuperbe habit retourné, rempli de graiffe, en tel
état, en un mot, que toute ma modeftie auroit
eu bien de la peine d'obtenir de moi d'en porter
un femblable. Je fuis en pouvoir de prouver ce
que j'avance, de manifefter ce trophée de votre
générofité, il eft encore en exiftence dans le
même garde meuble qui renferme tous ces précieux effets dont vous faites un fi pompeux éta-
lage. Heureufement madame la baronne eut la
judicieufe précaution, fans préfumer cependant

M

que ce foin pût devenir utile, de faire ainfi en-
fermer le tout fans y toucher avec toutes les at-
tentions néceffaires en pareils cas. Je crois, madame, que l'inventaire de tous ces débris, com-
parés avec votre magnifique catalogue, ne laif-
fera pas que de donner lieu à un fort joli con-
trafte, fur-tout la belle cave à tabac. Pour les flam-
beaux vous les aviez deftinés à Mr. Perrin, vicaire
de police, dont votre fituation en ce pays-ci vous
avoit rendu la protection indifpenfablement néceffaire. Mais les ayant refufés ils font ici tout
prêts auffi à faire un des ornemens de votre
triomphe.

Je ne faurois, madame, continuer fur le ton
plaifant. Je fuis véritablement indigné, & je
crois qu'il feroit impoffible à tout honnête homme
à ma place d'éviter de l'être autant. Rentrez,
madame, en vous-même, rappellez-vous les
circonftances déplorables où vous vous êtes
trouvée ici, vous, Mr. votre époux, & toute
votre famille; fans argent, fans amis, fans connoiffances, fans reffources. Qu'euffiez-vous
fait fans l'affiftance de madame de Warens?
Ma foi, madame, je vous le dis franchement,
vous auriez jetté un fort vilain coton. Il y avoit

long-tems que vous en étiez plus loin qu'à votre derniere piece; le nom que vous aviez jugé
à propos de prendre, & le coup d'œil fous lequel
vous vous montriez, n'avoient garde d'exciter
les fentimens en votre faveur; & vous n'aviez
pas, que je fache, de grands témoignages avan-
tageux qui parlaient de votre rang & de votre
mérite. Cependant, ma bonne maraine, pleine
de compaffion pour vos maux & pour votre
mifere actuelle, (pardonnez - moi ce mot, madame,) n'héfita point à vous fecourir, & la maniere promte & hafardée dont elle le fit prou-
voit affez, je crois, que fon cœur étoit bien éloigné des fentimens pleins de baffeffes & d'indigni-
tés que vous ne rougiffez point de lui attribuer.
Il y paroit aujourd'hui, & même ce foin myfté-
rieux de vous cacher en eft encore une preuve,
qui véritablement ne dépofe guere avantageufe-
ment pour vous.

Mais, madame, que fert de tergiverfer ? Le
fait même eft votre juge. Il eft clair comme
le foleil que vous recherchez à noircir baffement une dame qui s'eft facrifiée fans ménagement pour vous tirer d'embarras. L'intérèt de
quelques piftoles vous porte à payer d'une noire

ingratitude un des bienfaits le plus important
que vous puſſiez recevoir, & quand toutes vos
calomnies feroient auſſi vraies qu'elles ſont fauſſes, il n'y a point cependant de cœur bien fait
qui ne rejettât avec horreur les détours d'une
conduite auſſi meſſéante que la vôtre.

Mais, graces à Dieu, il n'eſt pas à craindre
que vos diſcours faſſent de mauvaiſes impreſ-
ſions ſur ceux qui ont l'honneur de connoitre
madame la baronne, ma maraine; ſon caractere & ſes ſentimens ſe ſont juſqu'ici ſoutenus
avec aſſez de dignité pour n'avoir pas beaucoup à redouter des traits de la calomnie; &
ſans doute, ſi jamais rien a été oppoſé à ſon
goût, c'eſt l'avarice & le vil interèt. Ces vices
ſont bons pour ceux qui n'oſent ſe montrer au
grand jour; mais pour elle ſes démarches ſe
font à la face du ciel, & comme elle n'a rien à
cacher dans ſa conduite elle ne craint rien des
diſcours de ſes ennemis. Au reſte, madame,
vous avez inféré dans votre lettre certains termes groſſiers, au ſujet d'un collier de grenats,
très indignes d'une perſonne qui ſe dit de con-
dition, à l'égard d'une autre qui l'eſt de mème,
& à qui elle a obligation. On peut les pardon-

ner au chagrin que vous avez de lâcher quelques piftoles & d'etre privée de votre cher argent; & c'eft le parti que prendra madame de Warens, en redreffant cependant la fauffeté de votre expofé.

Quant à moi, madame, quoi que vous affectiez de parler de moi fur un ton équivoque, j'aurai, s'il vous plait, l'honneur de vous dire que quoique je n'aie pas celui d'etre connu de vous, je ne laiffe pas de l'être de grand nombre de perfonnes de mérite & de diftinction, qui toutes favent que j'ai l'honneur d'etre le filleul de madame la baronne de Warens, qui a eu la bonté de m'élever & de m'infpirer des fentimens de droiture & de probité dignes d'elle. Je tâcherai de les conferver pour lui en rendre bon compte, tant qu'il me reftera un fouffle de vie: & je fuis fort trompé, fi tous les exemples de dureté & d'ingratitude qui me tomberont fous les yeux ne font pour moi autant de bonnes leçons, qui m'apprendront à les éviter avec horreur.

J'ai l'honneur d'être avec refpect.

LETTRE

DE MADAME DE WARENS, A M. FAVRE.

MONSIEUR,

Vous trouverez bon , monfieur, que n'attendant plus ni réponfe, ni fatisfaction de monfieur & de madame de Sourgel , je prenne le parti de vous écrire à vous-même. Je l'aurois fait plutôt fi j'avois été inftruite de votre mérite , & de ce que vous étiez véritablement, & que je n'euffe pas été prévenue par eux que vous étiez leur homme d'affaires. Je ne doute point que galant homme & homme de mérite, comme je vous crois, & comme Mr. Berthier vous repréfente à moi, vous ne priffiez mes intérèts avec chaleur , fi vous étiez inftruit de ce qui s'eft paffé entre eux & moi, & des circonftances dont toute cette affaire a été accompagnée; mais fans entrer dans un long détail, je me contente d'en appeller à leur confcience. Ils favent combien je me fuis incommodée pour les tirer de l'embarras le plus preffant, & pour leur éviter bien des affronts; ils favent que l'argent que je leur ai prêté, je l'ai emprunté moi-même à des conditions exorbitantes ; ils favent encore la rareté exceffive de l'argent en ce pays-ci, qui rend cette petite fomme plus précieufe, par rapport à moi, que fept ou huit fois autant ne le fauroit être pour eux. En vérité, monfieur , je fuis bien embarraffée après tout cela, de favoir quel nom donner à leur indifférence : j'aurai bien de la peine cependant à me mettre en tête qu'ils faffent métier de faire des dupes.

J'en étois ici quand je viens de recevoir une copie de l'impertinente lettre que vous a écrit madame de Sourgel. Il femble qu'elle a affecté d'y entaffer toutes les marques d'un méchant caractere. Je n'ai garde, monfieur, de tourner contre elle fes propres armes ; je fuis peu accoutumée à un femblable ftyle, & je me contenterai de répondre à fes malignes infinuations par un court expofé du fait.

J'ai vu ici un monfieur & une dame avec leur famille, qui fe donnoient pour imprimeurs fous le nom de Thibol, & qui, fur la fin, ont

M 4

jugé à propos de prendre celui de Sourgel & le
rang de gens de qualité, je n'ai jamais fu précifément ce qui en étoit. Ce qu'il y a de très-cer-
tain, c'eft que je n'en ai eu de preuve, ni même
d'indice que leur parole. Ils ont paru dans un
fort trifte équipage, chargés de dettes, fans un
fol; & comme j'ai fait une efpece de liaifon avec
la femme qui venoit quelquefois chez moi, &
à qui j'avois été affez heureufe pour rendre
quelques fervices, ils fe font préfentés à moi
pour implorer mon fecours, me priant de leur
faire quelques avances qui puffent les mettre en
état d'acquitter leurs dettes, & de fe rendre
à Paris. Il falloit bien qu'ils n'euffent pas entendu dire alors que je fuffe fi avidement intéreffée, & que je me mêlaffe de vendre le faux
pour le fin, puifqu'ils fe font adreffés à moi
préférablement à tout ce qu'il y a d'honnêtes
gens ici. En effet, je fuis la feule perfonne qui
ait daigné les regarder, & j'ofe bien attefter que,
de la maniere qu'ils s'y étoient montrés, ils auroient très-vainement fait d'autres tentatives.
Je crois qu'ils n'ont pas eu lieu d'être mécon-
tens de la façon dont je me fuis livrée à eux. Je
l'ai fait, j'ofe le dire, de bonne grace & noblement. N'ayant pas comptant l'argent dont ils

avoient befoin, je l'ai emprunté, avec la peine
qu'ils favent, & à gros intérêts, quoique j'eufle
pris un terme très-court, parce qu'ils promet-
toient de me payer d'abord à leur arrivée à Paris.
Vous voyez cependant, monfieur, par toutes
mes lettres, que je ne me fuis jamais avifé de
leur rien demander de cet intérêt; & je réitere
encore que je leur en fais préfent fort volontiers; très-contente, s'ils vouloient bien ne pas
me chicaner fur le capital.

Je me fuis donc intéreffée pour eux, non-
feulement fans les connoitre, ni eux, ni perfonne
qui les connût, mais même fans être affurée de
leur véritable nom. J'ai follicité pour eux; j'ai
appaifé leurs créanciers; j'ai mis le mari en état
de fe garantir d'être arrêté, & de fe rendre à
Lyon avec fon fils, j'ai donné à la femme & à
la fille afyle dans ma maifon, je leur ai permis
d'y retirer leurs effets, j'ai affigné mes quartiers
en thréforerie pour le payement de leurs créanciers, enfin j'ai prêté à la femme & à la fille
tout l'argent néceffaire pour faire leur route ho-
norablement, elles & leur famille. Depuis ce
tems je n'ai ceffé d'être accablée de leurs créanciers qu'après l'entier payement: car je refpecte

trop mes engagemens pour manquer à ma parole.

Quant aux effets qu'ils ont laissés chez moi,
je vous ferai quartier du catalogue. Les expreffions magnifiques de madame de Sourgel ne leur
donneront pas plus de valeur qu'ils n'en avoient,
quand elle délibéra fi elle ne les abandonneroit
pas avec fon logement, de quoi je la détournai,
efpérant qu'elle en pourroit toujours tirer quelque chofe : mais bien loin de fonger à en faire
mon profit, j'en fis un inventaire exact & je
lui promis de tâcher de les vendre ; mais enfuite,
ayant fait réflexion qu'il n'y auroit pas de l'honneur à moi d'expofer en vente de pareilles baga-
telles, je m'étois déterminée à les payer plutôt
au de-là de leur valeur : car il s'en faudroit bien
que je n'euffe retiré du tout les 30 livres que
j'en ai offert, & qui, certainement, vont au-delà
de tout ce qu'ils peuvent valoir.

Mais que cette dame ne s'inquiete point. Ses
meubles font tous ici, tels qu'elle les a laiffés ;
& je cherche fi peu à me les approprier à mon
profit, que je protefte hautement que je n'en veux
plus en aucune façon, & je ne m'en mèlerai que

pour les rendre fous quittance à ceux qui me les
demanderont de fa part, après toutefois que j'aurai été payée en entier ; faute de quoi je ne manquerai point de les faire vendre à l'enchere publique fous fon nom & à fes fraix, & l'on con-
noitra par les fommes qu'elle en retirera le véritable prix de toutes ces belles chofes. Pour le collier, les boucles & les manches, ils font depuis
très-long-tems entre les mains de Mr. Berthier,
qui eft prêt à les reftituer en recevant fon dû,
comme j'en ai donné avis plus d'une fois à madame de Sourgel.

Je crois, monfieur, que fi je mettois en ligne
de compte les menus frais que j'ai fait pour toute
cette famille, les intérêts de mon argent, les embarras, la difficulté de faire mes affaires de fi loin, les
ports de lettres dont la fomme n'eft pas petite, la
reconnoiffance que je dois à Mr. Berthier qui a
bien voulu prendre en main mes intérêts, & par-
deffus tout cela les mauvais pas où je me trouve
engagée par le retard du payement, il y a fort
apparence que le prix des meubles feroit affez bien
payé ; mais ces détails de minutie font, je vous
affure, au-deffous de moi ; & puis il eft jufte qu'il

m'en coûte quelque chofe pour le plaifir que j'ai
eu d'obliger.

A l'égard des préfens, il feroit à fouhaiter pour
madame de Sourgel qu'elle m'en eût offert de
beaux : car n'étant pas accoutumée d'en recevoir de
gens que je ne connois point, & principalement de
ceux qui ont befoin des miens & de moi-même,
elle auroit aujourd'hui le plaifir de les retrouver
avec tous fes meubles. Il eſt vrai qu'elle eut la
politeſſe de me préfenter une petite cave à tabac
de noyer, doublée de plomb, laquelle me paroiſ-
fant de très petite confidération & fort chétive,
je crus pouvoir & devoir même l'agréer fans conféquence, d'autant plus que ne faifant nul ufage
de tabac, on ne pouvoit guere m'accufer d'avarice dans l'acceptation d'un tel préfent ; elle eſt
auſſi dans le garde meuble. Mais ce qu'elle a oublié cette dame, c'eſt une petite croix de bois, in-
cruſtée de nacre que j'ai mife au lieu le plus ap-
parent de ma chambre, pour vérifier la prophétie
de mademoifelle de Sourgel, qui me dit en me la
préfentant, que toutes les fois que j'y jetterois les
yeux je ne manquerois point de dire : *voilà ma
croix.*

Au reſte, je doute bien fort d'être en arriere

de préfens avec madame de Sourgel , quoiqu'elle méprife fi fort les miens. Mais ce n'eft point à moi de rappeller ces chofes-là , ma coutume étant de les oublier dès qu'elles font faites. Je ne demande pas non plus qu'elle me paye fa penfion pour quelques jours qu'elle a demeuré chez moi avec fa belle fille ; elle en fait affez les motifs & la raifon ; je confens cependant volontiers qu'elle jette tout fur le compte de l'amitié , quoique la compaffion y eut bonne part.

Pour le collier de grenats , il eft jufte de le reprendre s'il n'accommode pas madame de Sourgel ; elle auroit pu fe fervir d'expreffions plus décentes à cet égard ; elle fait à merveilles que je n'ai point cherché à lui en impofer ; je lui ai vendu ce collier pour ce qu'il étoit & fur le même pied qu'il m'a été vendu par une dame de mérite , laquelle je me garderai bien de régaler d'un compliment femblable à celui de madame de Sourgel. J'ofe efpérer que fes baffes infinuations ne trouveront pas beaucoup de prife, où mon nom a feulement l'honneur d'être connu.

Madame de Sourgel m'accufe d'en agir mal avec elle. Eft-ce en mal agir que d'attendre près de deux ans un argent prêté dans une telle occa-

fion? Ne m'avoit-elle pas promis reſtitution dès
l'inſtant de ſon arrivée? Ne l'ai-je pas priée en
grace pluſieurs fois de vouloir me payer, du
moins par faveur, en conſidération des embarras
où mes avances m'ont jettée? Ne lui ai-je pas
écrit nombre de lettres pleines de cordialité & de
politeſſes, qui lui peignant l'état des choſes au
naturel auroient dû lui faire tirer de l'argent des
pierres plutôt que de reſter en arriere à cet égard?
Ne l'ai-je pas avertie & fait avertir pluſieurs fois,
en dernier lieu, de la néceſſité où ſes retards
m'alloient jetter de recourir aux protections pour
me faire payer? Quel ſi grand mal lui ai-je donc
fait? Perſonne ne le fait mieux que vous, monſieur, aſſurément, s'il doit retomber de la honte
ſur une de nous deux, ce n'eſt pas à moi de la
ſupporter.

Voilà, monſieur, ce que j'avois à répondre
aux invectives de cette dame. Je ne me pique pas
d'accompagner mes phraſes de tours malins, ni
de fauſſes accuſations, mais je me pique d'avoir
pour témoins de ce que j'avance toutes les per-
ſonnes qui me connoiſſent, toutes celles qui ont
connu ici monſieur & madame de Sourgel, &
même tout Chambéry. Je ne me hâte pas de raſſem-
bler des témoignages peu favorables à eux, & de

m'expofer par-la à la moquerie des plaifans, qui
m'ont raillée de ma forte crédulité, & des cen-
feurs qui ont blâmé ma conduite peu prudente.
Je fuis mortifiée, monfieur, qu'on vous donne
une fonction auffi indigne de vous, que de fervir
de correfpondant à de fi défagréables affaires. Il
ne tiendra pas à moi qu'on ne vous débarraffe
d'un pareil emploi, & madame de Sourgel peut
prendre déformais les chofes comme il lui plaira,
fans craindre que je me mette en frais de répondre davantage à fes injures. Je crois qu'il ne fera
pas douteux parmi les honnètes gens, fur qui
d'elle ou de moi tombera le deshonneur de toute
cette affaire.

Je fuis avec une parfaite confidération, &c.

LETTRE XVIII.

Montpellier 23 *Octobre* 1737.

MONSIEUR,

J'Eus l'honneur de vous écrire, il y a environ
trois femaines ; je vous priois par ma lettre de
vouloir bien donner cours à celle que j'y avois
inclufe pour Mr. Charbonnel ; j'avois écrit l'ordinaire précédent en droiture à madame de Warens, & huit jours après je pris la liberté de

vous adreſſer encore une lettre pour elle : cependant je n'ai reçu réponſe de nulle part; je ne
puis croire, monſieur, de vous avoir déplu, en
uſant un peu trop familiérement de la liberté que
vous m'aviez accordée; tout ce que je crains,
c'eſt que quelque contre-tems fâcheux n'ait retardé
mes lettres ou les réponſes; quoiqu'il en ſoit, il
m'ſt ſi eſſentiel d'être bientôt tiré de peine que
je n'ai point balancé, monſieur, de vous adreſſer
encore l'incluſe, & de vous prier de vouloir bien
donner vos ſoins pour qu'elle parvienne à ſon
adreſſe; j'oſe même vous inviter à me donner des
nouvelles de madame de Warens, je tremble
qu'elle ne ſoit malade. J'eſpere, monſieur, que
vous ne dédaignerez pas de m'honorer d'un mot
de réponſe par le premier ordinaire : & afin que
la lettre me parvienne plus directement, vous
aurez, s'il vous plaît, la bonté de me l'adreſſer
chez Mr. Barcellon, huiſſier de la bourſe en rue
baſſe proche du Palais : c'eſt-là que je ſuis logé.
Vous ferez une œuvre de charité de m'accorder
cette grace, & ſi vous pouvez me donner des
nouvelles de Mr. Charbonnel, je vous en aurai
d'autant plus d'obligation. Je ſuis avec une reſ-
pectueuſe conſidération,

MONSIEUR,   ROUSSEAU.
                        LETTRE

LETTRE XIX.

Montpellier, 4 *Novembre* 1737.

MONSIEUR,

LEquel des deux doit demander pardon à l'autre, ou le pauvre voyageur, qui n'a jamais paſſé
de femaine depuis ſon départ, ſans écrire à un
ami de cœur, ou cet ingrat ami, qui pouſſe la
négligence juſqu'à paſſer deux grands mois & davantage, ſans donner au pauvre pélerin le moindre ſigne de vie? Oui, monſieur, deux grands
mois, je ſais bien que j'ai reçu de vous une lettre
datée du 6 Octobre; mais je ſais bien auſſi que
je ne l'ai reçue que la veille de la Touſſaint: &
quelque effort que faſſe ma raiſon pour être d'ac-
cord avec mes deſirs, j'ai peine à croire que la
date n'ait été miſe apres coup. Pour moi, monſieur, je vous ai écrit de Grenoble, je vous ai
écrit le lendemain de mon arrivée à Montpellier,
je vous ai écrit par la voie de Mr. Micoud, je
vous ai écrit en droiture ; en un mot, j'ai pouſſé
l'exactitude juſqu'à céder preſque à tout l'empreſſement que j'avois de m'entretenir avec vous. Quant
à monſieur de Trianon, Dieu & lui ſavent, ſi
l'on peut avec vérité m'accuſer de négligence à

N

cet égard. Quelle différence, grand Dieu, il femble que la Savoie eft éloignée d'ici de fept ou huit-
cent lieues, & nous avons à Montpellier des com-
patriotes du doyen de Killerine (dites cela à mon
oncle) qui ont reçu deux fois des réponfes de
chez eux, tandis que je n'ai pu en recevoir de
Chambery. Il y a trois femaines que j'en reçus
une d'attente, après laquelle rien n'a paru. Quelque dure que foit ma fituation actuelle, je la fuppor-
terois volontiers, fi du moins on daignoit me
donner la moindre marque de fouvenir : mais
rien ; je fuis fi oublié qu'à peine crois - je moi-
même d'être encore en vie. Puifque les relations
font devenues impoffibles depuis Chambery &
Lyon ici, je ne demande plus qu'on me tienne les
promeffes fur lefquelles je m'étois arrangé. Quelques mots de confolation me fuffiront & ferviront à répandre de la douceur fur un état qui a
fes défagrémens.

J'ai eu le malheur 'dans ces circonftances gê-
nantes de perdre mon hôteffe, madame Mazet,
de maniere qu'il a fallu folder mon compte avec
fes héritiers. Un honnête homme Irlandois avec
qui j'avois fait connoiffance a eu la générofité
de me prêter foixante livres fur ma parole, qui
ont fervi à payer le mois paffé & le courant de
ma penfion ; mais je me vois extrèmement reculé

par plufieurs autres menues dettes ; & j'ai été contraint d'abandonner depuis quinze jours les remedes que j'avois commencés faute de moyens
pour continuer. Voici maintenant quels font mes
projets, Si dans quinze jours qui font le refte
du fecond mois, je ne reçois aucune nouvelle,
j'ai réfolu de hafarder un coup ; je ferai quelque
argent de mes petits meubles;c'eft-à-dire,de ceux qui
me font les moins chers; car j'en ai dont je ne
me déferai jamais. Et comme cet argent ne fuffi-
roit point pour payer mes dettes & me tirer de
Montpellier, j'oferai l'expofer au jeu non par goût,
car j'ai mieux aimé me condamner à la folitude
que de m'introduire par cette voie, quoiqu'il n'y
en ait point d'autre à Montpellier , & qu'il n'ait
tenu qu'à moi de me faire des connoiffances affez
brillantes par ce moyen. Si je perds, ma fituation
ne fera prefque pas pire qu'auparavant ; mais fi
je gagne je me tirerai du plus fâcheux de tous les
pas. C'eft un grand hafard à la vérité , mais j'ofe
croire qu'il eft néceffaire de le tenter dans le cas
où je me trouve. Je ne prendrai ce parti qu'à l'ex-
trêmité & quand je ne verrai plus de jour ailleurs.
Si je reçois de bonnes nouvelles d'ici à ce tems-
là, je n'aurai certainement pas l'imprudence de
tenter la mer orageufe & de m'expofer à un nau-

frage. Je prendrai un autre parti. J'acquitterai mes dettes ici & je me rendrai en diligence à un petit endroit proche du Saint Esprit ; où , à moindre frais, & dans un meilleur air, je pourrai recommencer mes petits remedes avec plus de tranquillité , d'agrément & de succès , comme j'espere , que je n'ai fait à Montpellier dont le séjour m'est d'une mortelle antipathie , je trouverai-là bonne compagnie d'honnêtes gens qui ne chercheront point à écorcher le pauvre étranger, & qui contribueront à lui procurer un peu de gaieté dont il a , je vous assure, très-grand besoin.

Je vous fais toutes ces confidences, mon cher monsieur , comme à un bon ami qui veut bien s'intéresser à moi & prendre part à mes petits-soucis. Je vous prierai aussi d'en vouloir bien faire part à qui de droit, afin que si mes lettres ont le malheur de se perdre de quelque côté l'on puisse de l'autre en récapituler le contenu. J'écris aujourd'hui à monsieur de Trianon , & comme la poste de Paris qui est la vôtre ne part d'ici qu'une fois la semaine , à savoir le lundi , il se trouve que depuis mon arrivée à Montpellier , je n'ai pas manqué d'écrire un seul ordinaire , tant il y de négligence dans mon fait , comme vous dites fort bien & fort à votre aise.

Il vous reviendroit une description de la char

mante ville de Moutpel'ier , ce paradis terreftre ,
ce centre des délices de la France ; mais en vérité
il y a fi peu de bien & tant de mal à en dire , que
je me ferois fcrupule d'en charger encore le portrait de quelque faillie de mauvaife humeur ; j'attends qu'un efprit plus repofé me permette de
n'en dire que le moins de mal que la vérité me
pourra permettre. Voici en gros ce que vous en
pouvez penfer en attendant.

Montpellier eft une grande ville fort peuplée,
coupée par un immenfe labyrinthe de rues fales,
tortueufes & larges de fix pieds. Ces rues font bor-
dées alternativement de fuperbes hôtels & de miférables chaumieres , pleines de boue & de fu-
mier. Les habitans y font moitié très-riches &
l'autre moitié miférables à l'excès; mais ils font
tous également gueux par leur maniere de vivre ,
la plus vile & la plus craffeufe qu'on puiffe imagi-
ner. Les femmes font divifées en deux claffes, les
dames qui paffent la matinée à s'enluminer, l'a-
près midi au pharaon & la nuit à la débauche, à
la différence des bourgeoifes qui n'ont d'occupa-
tion que la derniere. Du refte ni les unes ni les
autres n'entendent le françois, & elles ont tant
de goût & d'efprit qu'elles ne doutent point que
la comédie & l'opéra ne foient des affemblées de

N 3

forciers. Auffi on n'a jamais vu de femmes aux fpec
tacles de Montpellier, excepté peut-être quelques
miférables étrangeres qui auront eu l'imprudence
de braver la délicateffe & la modeftie des dames
de Montpellier. Vous favez fans doute quels égards
on a en Italie pour les huguenots & pour les Juifs
eu Efpagne ; c'eft comme on traite les étrangers
ici ; on les regarde précifément comme une efpece
d'animaux faits exprès pour être pillés, volés &
affommés au bout s'ils avoient l'impertinence de
le trouver mauvais. Voilà ce que j'ai pu raffembler
de meilleur du caractere des habitans de Montpellier. Quant au pays en général, il produit de bon
vin, un peu de blé, de l'huile abominable, point
de viande, point de beurre, point de laitage, point
de fruit & point de bois. Adieu, mon cher ami.

LETTRE XX.

A MONSIEUR DE CONZIÉ.

14 Mars 1742.

MONSIEUR,

Nous reçûmes hier au foir, fort tard, une
lettre de votre part, adreffée à madame de Warens ; mais que nous avons bien fuppofé être

pour moi. J'envoie cette réponfe aujourd'hui de
bon matin, & cette exactitude doit fuppléer à la
briéveté de ma lettre, & à la médiocrité des vers
qui y font joints. D'ailleurs, maman n'a pas voulu
que je les fiffe meilleurs, difant qu'il n'eft pas
bon que les malades aient tant d'efprit. Nous
avons été très-allarmés d'apprendre votre maladie;
& quelque effort que vous faffiez pour nous raffu-
rer, nous confervons un fond d'inquiétude fur
votre rétabliffement, qui ne pourra ètre bien dif-
fipé que par votre préfence.

J'ai l'honneur d'ètre avec un refpect & un attachement infini.

A F A N I E.

Malgré l'art d'Efculape & fes triftes fecours,
La fievre impitoyable alloit trancher mes jours;
Il n'étoit dû qu'à vous, adorable Fanie,
   De me rappeller à la vie.
Dieux! je ne puis encore y penfer fans effroi
Les horreurs du Tartare ont paru devant moi:
La mort à mes regards a voilé la nature,
J'ai du Cocyte affreux entendu le murmure.
Hélas! j'étois perdu, le nocher redouté
M'avoit déja conduit fur les bords du Léthé;
Là, m'offrant une coupe, & d'un regard févere
Me preffant auffi-tót d'avaler l'onde amere:

Viens, dit-il, éprouver ces fecourables eaux,
Viens dépofer ici les erreurs & les maux,
Qui des foibles mortels rempliffent la carriere.
Le fecours de ce fleuve à tous eft falutaire,
Sans regretter le jour par des cris fuperflus,
Leur cœur en l'oubliant ne le defire plus.
Ah! pourquoi cet oubli leur eft-il néceffaire,
S'ils connoiffoient la vie,ils craindroient fa mifere.
Voilà, lui dis-je alors, un fort docte fermon ;
Mais, ofez-vous penfer, mon bon feigneur Caron,
Qu'après avoir aimé la divine Fanie,
Jamais de cet amour la mémoire s'oublie ?
Ne vous en flattez point ; non, malgré vos efforts,
Mon cœur l'adorera jufques parmi les morts :
C'eft pourquoi fupprimez, s'il vous plaît, votre
  eau noire,
Toute l'encre du monde, & tout l'affreux grimoire,
Ne m'en ôteroient pas le charmant fouvenir.
 Sur un fi beau fujet j'avois beaucoup à dire :
  Et n'étois pas prêt à finir,
Quand tout à coup vers nous je vis venir
  Le dieu de l'infernal empire.
Calme toi, me dit-il, je connois ton martyre.
La conftance a fon prix, même parmi les morts,
Ce que je fis jadis pour quelques vains accords :
Je l'accorde en ce jour à ta tendreffe extrême,

Va parmi les mortels, pour la feconde fois,
 Témoignez que fur Pluton mème,
 Un fi tendre amour a des droits.
 C'eft ainfi, charmante Fanie,
Que mon ardeur pour vous m'empècha de périr;
Mais quand le Dieu des morts veut me rendre à
  la vie,
 N'allez pas me faire mourir.

LETTRE XXI.

A Mr. LE COMTE DES CHARMETTES.

A Venife, ce 21 Septembre 1743.

JE connois fi bien, monfieur, votre générofité
naturelle que je ne doute point que vous preniez
part à mon défefpoir, & que vous ne me faffiez
la grace de me tirer de l'état affreux d'incertitude
où je fuis. Je compte pour rien les infirmités qui
me rendent mourant au prix de la douleur de n'a-
voir aucune nouvelle de madame de Warens; quoi
que je lui aie écrit depuis que je fuis ici par une
infinité de voies différentes. Vous connoiffez les
liens de reconnoiffance & d'amour filial qui m'at-
tachent à elle; jugez du regret que j'aurois à mourir fans recevoir de fes nouvelles. Ce n'eft pas fans

doute vous faire un grand éloge que de vous avouer,
monfieur, que je n'ai trouvé que vous feul à Chambery capable de rendre un fervice par pure générofité ; mais c'eft du moins vous parler fuivant
mes vrais fentimens, que de vous dire que vous
êtes l'homme du monde de qui j'aimerois mieux
en recevoir. Rendez-moi, monfieur, celui de me
donner des nouvelles de ma pauvre maman ; ne me
déguifez rien, monfieur, je vous en fupplie, je
m'attends à tout, je fouffre déja tous les maux que
je peux prévoir, & la pire de toutes les nouvelles
pour moi c'eft de n'en recevoir aucune. Vous aurez la bonté, monfieur, de m'adreffer votre lettre
fous le pli de quelque correfpondant de Geneve,
pour qu'il me la faffe parvenir ; car elle ne viendroit pas en droiture.

Je paffai en pofte à Milan, ce qui me priva du
plaifir de rendre moi-même votre lettre que j'ai
fait parvenir depuis. J'ai appris que vutre aimable marquife s'eft remariée il y a quelque tems.
Adieu, monfieur, puifqu'il faut mourir tout de
bon, c'eft à préfent qu'il faut être plilofophe.
Je vous dirai une autre fois quel eft le genre de
philofophie que je pratique. J'ai l'honneur d'être
avec le plus fincere & le plus parfait attachement,
monfieur, &c.

ROUSSEAU.

P. S. Faites-moi la grace, monſieur, de faire parvenir ſûrement l'incluſe que je confie à votre gé-
néroſité.

M O N S I E U R,

J'avoue que je m'étois attendu au conſentement
que vous avez donné à ma propoſition; mais
quelque idée que j'euſſe de la délicateſſe de vos
ſentimens, je ne m'attendois point abſolument
à une réponſe auſſi gracieuſe.

L E T T R E   X X I I.

M O N S I E U R,

IL faut convenir, monſieur, que vous avez
bien du talent pour obliger d'une maniere à
doubler le prix des ſervices que vous rendez;
je m'étois véritablement attendu à une réponſe
polie & ſpirituelle, autant qu'il ſe peut; mais
j'ai trouvé dans la vôtre des choſes qui ſont pour
moi d'un tout autre mérite. Des ſentimens d'affection, de bonté, d'épanchement, ſi j'oſe ainſi
parler, que la ſincérité & la voix du cœur carac-
tériſe. Le mien n'eſt pas muet pour tout cela;
mais il voudroit trouver des termes énergiques
à ſon gré, qui, ſans bleſſer le reſpect. puſſent

exprimer affez bien l'amitié. Nulle des expreffions qui fe préfentent ne me fatisferont fur cet
article. Je n'ai pas comme vous l'heureux talent
d'allier dignement le langage de la plume avec
celui du cœur; mais, monfieur, continuez de
me parler quelquefois fur ce ton-là, & vous verrez que je profiterai de vos leçons.

J'ai choifi les livres dont la lifté eft ci-jointe.
Quant au dictionnaire de Bayle , je le trouve
cher exceffivement. Je ne vous cacherai point
que j'ai une extrème paffion de l'avoir, mais je
ne comptois point qu'il revint à plus de 60 livres.
Si celui dont vous me parlez , qui a des ratures
en marge , n'excede pas de beaucoup ce prix, je
m'en accommoderai. En ce cas, monfieur, il faut
prendre quelques précautions pour l'envoyer,
parce que j'aurois peine à obtenir la permiffion de
l'introduire. Vous pourriez fi vous le jugez à pro-
propos vous fervir de M.... qui le peut & le
voudroit fans doute, quand vous l'en prieriez.
Je crois qu'il me conviendroit moins de lui en
faire la propofition, je n'ai pas l'honneur d'être
affez connu de lui pour cela. Je laiffe tout à votre
judicieufe conduite.

C'eſt l'édition in 4°. de Cicéron que je cherche, vous devez l'avoir ; ſi vous ne l'avez pas, j'attendrai. Je croyois auſſi que la géométrie de Maneſſon Mallet étoit in 4° ; ſi vous l'avez en cette forme, je la prendrai, ſinon je m'en paſſerai encore quelque tems, n'ayant d'ailleurs pas encore les inſtrumens néceſſaires, & vous m'enverrez à la place les récréations mathématiques d'Ozanam.

Vous ſavez qu'il nous manque le neuvieme tome de l'hiſtoire ancienne, & le dernier de Cléveland ; c'eſt-à-dire, celui qui a été ajouté d'une autre main ; pour n'avoir auſſi que les vingt-uniemes parties de Marianne ; vous joindrez, s'il vous plaît, tout cela à votre envoi, afin que nos livres ne reſtent pas imparfaits.

Hoffmanni lexicon.
Newton arithmetica.
Ciceronis opera omnia, 4 Volumes.
Uſſerii annales.
Géométrie pratique de Maneſſon Mallet.
Elémens de mathématique du P. Lami.
Dictionnaire de Bayle.

Si vous jugez que les œuvres de Deſpréaux de

l'édition in 4°. puiffent paffer fur tout cela, vous aurez la bonté de l'y joindre.

Vous m'enverrez, s'il vous plaît, le tout le plutôt qu'il fera poffible, & je ferai mon billet à monfieur Conti de la fomme, fuivant l'avis que vous lui en donnerez ou à moi.

F I N.

TABLE.

Fin de la Table.

Imprimé en France
FROC021935210120
23239FR00021B/330/P

9 782329 360164